天使の定理

沙野風結子

新書館ディアプラス文庫

天使の定理

contents

illustration：笠井あゆみ

天使の定理
tenshi no teiri

プロローグ

深夜の高速道路の音が、斜(なな)め上から絶え間なく降ってくる。

振動までともなうほどの、耳を重く塞(ふさ)がれるような騒音だ。

それに晒(さら)されながら式見槐(しきみえんじゅ)はロング丈のダウンコートに身を包み、高架(こうか)沿いの道をゆっくりと歩きつづける。

そうして心も肉体も不快なノイズで満たすと、今日クランクアップした映画の、溜めこんだ役柄のセリフや設定が自分のなかから押し出されていく。

顎(あご)を上げて口を思いっきり開く。汚れた冷たい風を飲みこむ。

一ヶ月にわたって演じてきた、ひたすら恋人を甘やかす一途な好青年が完全に消え去る。

「やっぱりヤク抜きには、これが一番だね」

明後日(あさって)には春ドラマの撮影にはいる。キラッキラのツンデレ外資系エリートサラリーマン、眼鏡(めがね)ありの役だ。視聴者から求められるものがわかりきっている定番仕事だから、楽しく気楽に流せばいい――。

槐は目にかかる淡い色の髪を掻き上げて、左右で色が違う目を眇(すが)める。

「……退屈だな。オモチャもなくなったし」

数ヶ月前までは、いいオモチャを手にしていたのだ。綺麗で危なっかしくて、ゾクゾクするオモチャだった。宝箱に入れてもいいと思えるほど気に入っていたのだけれども、生憎それは手放さざるを得なかった。

だから、いまも宝箱は空っぽだ。

その宝箱になにかがはいっていたことはない。物心ついたときから、ずっと空っぽのままだ。

そしてそれを寂しいとも虚しいとも感じない。

むしろ、こうして汚れた夜の底にひとりきりでいるとき、気持ちは凪ぐ。

退屈だから、このまま明け方まで歩きつづけようかと思いながら歩を進めていくと、公園が左手に現れた。公園といっても遊歩道のようなもので、冬の深夜、高速道路沿いにある公園でくつろぐ者などいるはずもない。

槐はそのまま足を前に出しつづけ――自分の歩調が、なにかに縛られていることに気づく。

耳を澄ます。

人の声を思わせる音色が、かすかに聞こえていた。

その旋律は、騒音の底を這い、槐のワークブーツに絡みついてくる。それを振り払おうとするが、旋律には粘りがあり、すぐにまた歩調を捕らえられる。しかも音色は次第に強くなり、力を増していく。

槐はいくらか苛立ちを覚えながら公園へと視線を向けた。外灯もろくに届かない暗がりに目をこらすと、低木の植えこみのあいだに置かれたベンチに人影があった。音色はそこから発せられていた。

知らず、足を止める。

座っていても高身長だとわかる大きな体軀の男が、その身体に見合う大きな楽器を抱きかかえている。

……チェロは、人の声に似ているという。

そのせいなのか、楽器とひとつに溶けた影から発せられる音色は、男自身が漏らす囁き声であるかのようだった。

正体に納得して、ふたたび歩きはじめる。

――この曲は、ユモレスク第七番か。

ドヴォルザークの曲で、序盤と終盤は明朗なメロディだが、中盤は哀愁を帯びている。そろそろ中盤が終わり、軽やかな終盤部分へと切り替わる……槐の足はふたたび止まった。思わず振り返って男を凝視する。

チェロはなにごともなかったかのように旋律を奏でつづけているが、それは中盤の頭だった。そしておよそ一分ほどもの悲しい旋律が続き、また中盤の頭へと戻る。

「……」

槐はじっと、チェロを弾く男を見詰めた。

この世には、二種類のものしか存在しない。

観察したくなるものか、そうでないか、だ。

槐は遊歩道のような公園にはいると、ベンチに腰を下ろした。そうして少し離れたところから、チェロ弾きを観察する。

次第に暗がりに目が慣れてきて、男の姿がはっきりと見えてくる。

やはり日本人離れした体軀をしている。弓を操る腕も、チェロを挟むかたちで前に投げ出された脚も驚くほど長い。その体格でボアコートを着ているから、人というより熊に近い存在感だ。

それでいて、背筋にはクラシック音楽を鍛錬してきた者特有の品位がある。

黒いキャップを目深に被り、黒いマスクをして俯いているから、顔立ちはまったくわからない。

槐は組んだ脚の、膝頭に頬杖をつき、観察しつづける。

まるで壊れたレコードのようにユモレスクの中盤のみが繰り返されていくのに、しかし聴き飽きることはない。

いまや、夜の高速道路を荷運びに最適な時間だとばかりに走る大型車両の騒音も振動も、消え失せていた。

悲痛な憂いを狂おしく呟きつづけるかのような旋律だけが、槐を浸す。

寒さとは違う痺れが、身体の内側に溜まっていく。

おそらくこの男は凄まじい技術の持ち主なのだろう。だからこそ、逆に技術的なものにはまったく意識を向けさせず、終わりのない旋律にどこまでも深く聴く者を引きずりこんでいく。

槐はときおり思い出したように腕時計を確かめた。

三十分……一時間……一時間半……。

いったいなにが、男にこの演奏を強いているのだろう?

ベンチから腰を上げると、槐は男から数歩離れたところに立った。男はまるで槐の存在などないかのように、演奏に没入している。

弦を押さえる長くて強い指や、弓の流れるような動きに、槐は見入る。果たして、楽器が男の一部なのか、男が楽器の一部なのか。

そうしてまた三十分のあいだ観察してから、槐はさらに男へと近づいた。

チェロの底から生えているエンドピンに靴先が触れそうなほどに寄っても、男はなんの反応も示さない。

槐は冷気を溜めこんだ地面にしゃがみこんで、男の顔を見上げた。

男の伏せられた目は、ここではないどこかに焦点を結んでいるかのように、槐を認めない。

話しかけてみる。

「ねぇ、今日は僕の誕生日なんだよ。一曲、僕のために弾いてよ」

誕生日なのは事実だった。もちかけられたいくつものバースデーパーティは、先約があるからと断った。それでも三時間ほど前、二十四時を回ったクランクアップの際に、「2」と「9」という数字の蠟燭を立てられたケーキが運ばれてきて、歌と拍手で強制的に祝われた。なんの感慨もないまま、槐は笑顔で蠟燭を吹き消してみせた。それは動画に収められ、いまごろは映画の宣伝の一環としてSNS上で際限なく拡散されていることだろう。

ここのところの取材では「二十九歳を迎えるにあたっての抱負」ばかり語らせられる。

それらしいことをそれらしい表情で語りながら、実際のところ、槐のなかには目標もなければ野心もない。

夜の高速道路沿いの道をただ歩いていくのと変わらない日々だ。

ユモレクスのメロディはまた終盤には行かずに、中盤の頭へと戻った。

男は相変わらず無反応のままだ。

ちょっと手を伸ばせば触れる距離にいるのに、彼はまるで別の次元にいるかのようだった。

「ふーん」

槐は微笑を浮かべると、今度は囁き声で尋ねた。

「どうして、そこから先に進めないの？」

その質問が、男の気に障るだろうと読んでのことだった。

実際、弓の動きがかすかに乱れた。奥二重の目が揺らいで槐を映す。黒い眸――いや、微妙に藍色がかった眸の色だ。

その目が、槐を見てわずかに見開かれた。

それから数小節ののち、獣そのものの唸り声をあげたのは、チェロだったのか、男自身だったのか。

身体の芯がゾワゾワして、槐はわななく唇を噛む。

そうしないと、満面の笑みを浮かべて舌なめずりをしてしまいそうだったのだ。

男は煩わしいものを遮断するかのように、眸に瞼を完全に被せた。そして、ふたたび狂おしくてもの哀しい循環へと沈んでいく。

夜空の色がわずかに緩みかけたころ、槐はその場を立ち去った。

1

俳優・式見槐を評するとき、「憑依型のカメレオン俳優」というフレーズがよく使われる。王子様キャラから犯罪者の役まで幅広くこなすからだ。

しかしそれは槐からすれば、的外れな類型化だった。これまで自我を失うほど役にはいりこんだことも、役に染まりきったこともない。むしろ冷静に自我を保つことによって、いかにもそれらしく振る舞えるのだ。

それは俳優として演じているときに限らない。日常生活でも同じだ。

幼いころは、幼さというものを観察し、演じていた。子供らしく表情豊かにやんちゃに振る舞えば、両親もほかの大人たちも相好を崩した。

誰がどんな言動を自分にしてもらいたがっているのかは、手に取るようにわかった。だから誰かに好かれることも嫌われることも、容易かった。

ときおり、自分がひとりで人形遊びをしているような気持ちになる。

自分の思いどおりになるのならば、それはひとりきりで都合のいい夢を見ているのと同じだ。

ただ、容易いからといって、斜に構えるようなことはなかった。

観察して演じることは、歴とした生存戦略だからだ。

自分に致命的な欠陥があることを、槐はよく理解している。

自然に心を動かして、他人に共感して寄り添うことができないのだ。俯瞰する力も観察力も演じる力も、それを補うために育まれたものだった。

無痛症の人間は、自身では痛みを感じ取れないから、なにが傷つくことなのかを学習しなければ生き延びられない。それと似たようなものなのだろう。

小学二年のときに両親と渋谷の駅構内を歩いていたときにスカウトされて、芸能界にはいった。しかし中学まではときどきモデル仕事をやる程度で、役者のほうはしていなかった。オーディションになると具合が悪くなってしまうからだ。周りは緊張によるものだと思い、無理をしなくていいと慰めてくれたけれども、具合が悪くなる理由はまったく違っていた。

役を得るために、大人が望むことを過剰にする子役たちを見ると、吐き気がこみ上げてくるのだ。

何度目かのオーディション会場でトイレに立てこもってもどしながら、槐は気づいた。

――あれは、僕だ……僕なんだ。

子役たちはまるで、デフォルメされた自分自身だった。

しかも彼らはあくまで役を得るための技術としてやっているだけなのに、自分は日常生活からすべてにおいて相手を見透かし、心もないままに表情を作り、言葉を口にする。

そのことが本当に気持ち悪かったのだ。

自分は異物で、ヒトデナシ、なのだ。

槐はヒトデナシであることを自覚し、受け入れた。

それならそれで、ヒトデナシなりの方式で生き延びるしかない。

高校に上がって同じ事務所の俳優のバーターとして役者仕事を始め、それがヒトデナシの天職だと知ったのだった。

求められる表情、仕草、声音。

心がこもっていなくても、観客はそこに心を見て、「式見槐は憑依型だ」と口を揃える。そう言われるたびに槐は否定する。けれども人々はそれを謙遜程度にしか受け取らない。

人は、それぞれ見たいものを見る。

その集合体で世界は築かれている。

タワーマンションのペントハウスから夜景を眺めながら甘い香りの漂うキームン紅茶を口にしていると、テーブルのうえでスマートフォンが震えた。ソファに腰を下ろしながら電話に出る。

「なに?」

問いかけるとマネージャーの瀬戸が、いつもの神経質な声音で告げてきた。

『夜分遅くにすみません。先ほど、映画のオファーの連絡がありまして——受けられないでしょうが、念のため確認をと思いまして』

瀬戸はすでに断るべき案件と判断しているわけだ。二十九歳で槐と同い年だが、瀬戸の仕事を見極める目は確かだ。

「映画ね。いつで、監督は？」

『今年の八月の撮影で、村主深（すぐりしん）監督です』

村主深といえば、カンヌ国際映画祭で特別賞を獲（と）ったことのある監督だが、非常に拘（こだわ）りが強く、俳優泣かせで有名だ。

「確かにやる気にならない案件だね。しかも、三年ぶりのまとまったオフに丸ごとぶつけてくるとか」

こちらのスケジュールを各所からリサーチしたうえで、話をもってきたのだろう。

『撮影まで半年を切ってからのオファーなんて、非常識もいいところです』

式見槐を押さえるのなら、最低でも二年前には打診が必要だ。

苦い声で瀬戸が続ける。

『では、断りの連絡を入れておきますので』

話が端的なのは瀬戸の長所だ。

「ああ。そうして」

槐は電話を切ろうとして、ふと呟いた。

「でも、あの監督の好みじゃないはずなのに、どうしたんだろうね？」

これまで一度も村主から声をかけられたことはなかった。それが急に半年後の撮影の打診をしてきたのだから、違和感しかない。

呟きに、瀬戸が反応する。

『事情はよくわかりませんが、式見さんが受けないなら、撮影自体が流れるとか言ってました』

「へぇ？」

仕事を受けるつもりはまったくないが、その事情とやらを聞くのは、ちょっとした暇潰しになりそうだ。

槐はスマホをもう一度顔に寄せた。

「村主監督と会うからセッティングをしておいてよ」


夕方までドラマの撮影をして、それから雑誌のグラビア撮影をこなし、映画の宣伝インタビュー二本を立てつづけに受けてから、瀬戸の運転する車で代々木上原にある会員制バーへと向かうころには午後十一時を回っていた。

地下にある店の、レトロに調えられた個室では、すでに村主監督と脚本家の園井がこぢんまりした円卓について、軽く一杯やっていた。このふたりはひと回りほども年が離れているが、ここ十年ほどタッグを組んでおり、くだんのカンヌ国際映画祭で特別賞を獲った作品も同様だった。

優しげな雰囲気の園井が、慌てて立ち上がって頭を下げた。

「お忙しいところ、申し訳ありません――ほら、監督っ」

園井に促されて、村主が渋々という様子で立ち上がる。槐と目線の高さがほとんど変わらないから百八十センチぐらいあるのだろう。髭面にいかつい顔立ちをしていて、反社会的勢力にでも属していそうな風貌だ。

瀬戸が慇懃に挨拶をして名刺交換しながら、眼鏡の下から鋭い視線をふたりに向ける。

「明日も早朝からロケがありますので、三十分でお願いします」

村主の眉間に不機嫌そうな皺が寄る。

その様子からしても、やはりキャスティングのオファーは彼自身の希望ではないのだろう。村主監督は人のなまなましい感情を切り取ってコラージュする作風で、オーディションでも素人や新人を多く採用する。

要するに、器用になんでもこなす「プロ役者」には食指が動かないわけだ。浮ついた視聴率王子など、論外だろう。

それがいま、不本意さを隠しきれないものの、槐を口説こうとしているのだ。

――いよいよ興味深いじゃないか。

槐は酒を断って、アイスフレーバーティーとカナッペをオーダーすると、村主ににっこりと笑いかけた。

「では、手短にプレゼンをお願いします。監督」

村主が顎髭を親指で擦（こす）り、対角線上に座る槐へと上体を傾ける。

「マネージャーのほうには話してあるが、この映画は式見さんの参加がなければ流れる。主演ふたりの愛憎劇（あいぞうげき）で、挑戦的かつ実験的作品でもある。すでに脚本も上がっているから、ぜひ目を通してもらいたい」

園井が、槐と瀬戸に一冊ずつ台本を渡す。

それを特に関心もなくパラパラとめくっていた槐は、手と目を止めた。

「これ、W主演の相手は男なんですか?」

「ああ、そうだ」

本へと顔を伏せたまま、槐は目だけを村主に向ける。上目遣（うわめづか）いで睨（にら）むかたちになる。

「男同士で、愛憎劇?」

「そうだ」

「その程度のことで、挑戦的かつ実験的と言ってるわけじゃありませんよね?」

村主がテーブルに乗り出さんばかりの姿勢になり、真剣な顔でドスを利（き）かせる。

「これは、生と死によって、人を丸裸にする話だ」

「ポルノですか」

「確かに、ある種のポルノだな」

「そのポルノになんで僕が？」

「もう片方からの指名だ」

槐はテーブルに頬杖をついた。

「その身の程知らずは、誰なんです？」

村主が答えようと口を開きかけたとき、短い着信音が鳴った。村主がスマホを出してメッセージを確かめる。

「ちょうど到着したそうだ。紹介しよう」

ほどなくして個室のドアが開き、大きな体軀の青年がはいってきた。

村主が立ち上がって、告げる。

「彼がW主演の片割れの、貞野弦宇くんだ」

「——」

槐は頬杖をついたまま、眉根を寄せた。

貞野弦宇のことは、薄くだが認識している。確か、年は二十七歳。村主監督は彼を主演にして、これまで二作の映画を撮っている。いずれも単館系映画だが、いくつかの映画祭で賞をもらっていたはずだ。

しかしいま槐が強い関心を寄せているのは別のことだった。

「貞野弦宇――チェリストの」

槐が呟くように言うと、園井が大きく頷いた。

「彼は藝大生のころから、チェロのソリストとして全国ツアーまでやっていたんです。僕は彼のファンで、何度も聴きに行ってて。クラシックのコンサートというよりライブって感じで、いろんなジャンルの曲を演奏してた」

当時を思い返して、園井がうっとりした表情をしてから、眉を力なく下げた。

「もういまは、まったく人前で弾かないんですけどね」

「……まったく？」

槐はわざとらしく小首を傾げながら貞野弦宇を見上げる。

相手が、藍色がかった目を眇めた。

間違いない。彼は二ヶ月ほど前、高速道路沿いの公園でチェロを弾いていた男だった。

あの時はキャップを目深に被ったうえにマスクもしていたため顔立ちがわからなかったが、こうして光のあるところで見ると、なるほど村主深が主演をさせたがるわけだと納得がいく。

眉骨や鼻梁がしっかりしていて、ごつりとした印象の顔立ちのなか、陰のある奥二重の目がひどく印象的だ。荒々しさと感受性の鋭さが混在している。髪は全体的に鬱陶しいぐらいに伸び、今日もボアコートをルーズに羽織っているから、大きな身体がさらに威圧的に見える。

過敏なツキノワグマ。

そんな表現がしっくりくる男だ。

——でも、過敏なツキノワグマって最悪じゃないか？

なにをしでかすかわかったものではない。

身体の奥深くがゾワゾワとして、槐は唇をそっと噛んで、嗤（わら）いを殺す。

快楽でも不快でも、刺激は刺激だ。強ければ強いほど、いい。

「弦宇くんは」

下の名で呼びかけると、ツキノワグマが眉間に皺を寄せた。

「どうしても、僕とヤりたいんだって？」

すると一拍も置かずに答えが返ってきた。

「ああ、お前をヤりたい。俺の邪魔をしたからな」

その声は、チェロの低音を思わせた。腹の底に重たく絡むように響く。

邪魔をしたから、お前を殺（ヤ）りたい。

そういうニュアンスに聞こえたのは気のせいではないだろう。あんな狂った独奏会をするような男なのだ。

こんなかたちで指名してきたのは、あの夜の復讐（ふくしゅう）といったところか。

ガタッと椅子を引く音がした。瀬戸が立ち上がり、眼鏡越しに咎（とが）める視線を、弦宇から園井へと向け、村主のうえで止めた。

「うちの式見を、あなた方にお任せするわけにはいきません」

抑えた声音には憤りが滲んでいる。

そんな瀬戸の、マネージャーにしておくには惜しい横顔をちらと見やってから、槐は頬杖をつくのをやめて、弦宇に告げた。

「君次第では、この仕事を引き受けてあげてもいいよ？」

「式見さん、なにを…」と血相を変える瀬戸の腕をポンと叩いて宥める。

弦宇が睨め下ろしながら訊いてきた。

「俺次第？」

「君が僕をその気にさせられたら、貴重なオフを返上して出演してあげる」

「お前の機嫌を取れっていうのか？」

音階が一段と低くなる。

「そこまでの気もなくて、僕を誘ったわけ？　無駄な時間だったよ」

冷笑しながら槐は椅子から腰を上げた。そうして退室のために歩きだす。瀬戸も鞄を手にして、村主と園井に「これで失礼します」と頭を下げてからついてくる。

槐はゆったりとした歩調で戸口に向かいながら、その動線上にいる弦宇と視線を合わせつづける。瞬きのない藍色を帯びた双眸が、押し入ってこようとするかのような圧で睨んでくる。

視線の距離がもっとも短くなる一瞬ののちに、すれ違う。

ふいに左肘を摑まれて、身体を斜め後ろに引っ張られた。

近すぎる距離で藍色が燃えている。

「っ、手を離しなさい！」

瀬戸が慌てていだにはいり、槐の肘を摑んでいる手を外させようとするが、しかし元チェリストの強い指は、さらに深く槐の肌にめりこむ。

「――お前をその気にさせればいいんだな？」

肯定に槐が目を細めると、急に村主監督が台本を手に話に割ってはいってきた。

「なら、役積みをすればいい」

村主は撮影にはいるかなり前から、「役積み」という、演者たちに役作りのための実体験をする機会を設ける。家族役なら家族のように、恋人役なら恋人のように過ごすのだ。それを重ねることで自然な空気感が生まれるそうで、実際、村主作品が評価される大きな要因になっている。

「このシナリオはアテガキで、俺と園井が把握してる弦宇の魅力が詰まってる。それを踏まえたうえで役積みをすれば、間違いなくその気になる」

強制的に槐にシナリオを読ませて、撮影の土台作りに繫げようというわけだ。凄まじい押し売り根性と自信過剰ぶりに、槐は呆れ笑いを漏らす。

そうして、肘から下をぐるりと回して、弦宇の手指をほどいた。

「気が向いたら口説かせてあげるよ。その時はうちのマネージャーに連絡を入れさせる」

口許（くちもと）だけで微笑（ほほえ）んでみせて、槐は今度こそ個室をあとにした。

車に乗りこむと、瀬戸が運転席からバックミラー越しに不安そうな視線を投げてきた。

「役積みをするつもりですか？」

槐は後部座席でゆったりと脚を組んでシートに身を沈める。

「するわけない。押しつけられた台本は捨てておいて」

瀬戸が安堵（あんど）の息をついて、車を発進させる。

誰かのフィルターを通した貞野弦宇になど、価値はない。

目を閉じると、チェロを弾きつづける男の姿が浮かび上がってくる。

静かで深い狂気が、公園の夜闇へと滔々（とうとう）と流れ出していた。

観察したくなる獲物が、みずから飛びこんできてくれたのだ。しかもその獲物は、殺意を隠そうともしない。

槐は身体の芯に新鮮なざわめきを覚え、瞑目（めいもく）したまま舌なめずりをした。

2

ＳＵＶ車――ブロンズカラーのランドクルーザーがループ構造の大橋ジャンクションのトンネルを上りきり、首都高にはいる。小雨がウインドウに叩きつけられる。午後二時だというのに、すでに夕暮れのような薄暗さだ。

槐は右横の運転席へと視線を投げた。

「で、これはどこに向かってるのかな？」

尋ねると、中目黒で槐を拾ってから初めて弦宇が口を開いた。

「監督が指定した、初めのシーンの場所だ」

二月に代々木上原の会員制バーで顔を合わせてから、二ヶ月がたっていた。

今年は八月を丸ごとオフにする予定だったため、スケジュールが前倒しになっていて、新たなオモチャでこうして遊ぶ時間も取れなかったのだ。

時間が空いたぶん弦宇の激情も薄らいだかと思ったが、杞憂だった。今日もちゃんと殺したい目で睨みつけてきた。

槐はフルリクライニングにしてある後部座席を、横目で見る。

そこにはチェロ用のハードケースが置かれていた。大きさのせいもあってか、ごとりと横たわる黒いそれは、棺桶を連想させる。

「人前ではもう弾かないんだっけ？」

尋ねると、答える気がないのかと思ったころに、ぼそりと答えが返ってきた。

「仕事では弾かない」

「確かに、あの夜みたいな演奏じゃ、仕事にならないね」

するとやはり間があってから、弦宇が濁った声で言った。

「『進めない』んじゃない。『進まない』んだ」

あの時、槐は「どうして、そこから先に進めないの？」と尋ねて、彼を煽ったのだ。

「自分の意志で、同じところをぐるぐるしてるんだ？」

「そうだ」

「それを僕が邪魔した」

「そうだ」

弦宇はできれば会話をしたくないのだろう。いちいち微妙なタイムラグが生じて、隣にいるのにどこか遠くの中継地点とやり取りをしているかのようなもどかしさがある。

沈黙が落ちる。

この二ヶ月、時間の合間を縫って、貞野弦宇の情報を集めた。

ヴァイオリニストの父、声楽家の母を筆頭に、親族には国内外で活躍する音楽家が多くいる。

その才能を弦宇も受け継ぎ、小学生のころからヴァイオリンやチェロを弾きこなし、数々のコンクールで賞を獲ってきた。

小学校高学年からはチェロに絞ったようで、高名なチェリストからも目をかけられて、中学生のころにはもう海外の公演に招聘されたりもしていた。

両親の母校である東京藝術大学の音楽学部にも難なく現役合格し、ソリストとして活躍するようになった。

チェロは音を出しにくい楽器ということもあり、ソリストとして成立するのにはかなりの技量を要するのだという。

弦宇はジャズやロックまでチェロで演奏し、幅広い層に支持されていたらしい。女性層からの人気もそうとうなものだったようだが、それは多分に、外見や雰囲気によるものもあったのだろう。

こうして車を運転していても、やはり姿勢の美しさに目が行く。

幼いころからヴァイオリンをやっている者は、ヴァイオリンの居場所を作るために肉体が歪むと聞いたことがあるが、チェロはむしろ奏者の姿勢を整えるのかもしれない。社交ダンスで女性をリードする紳士のような鮮やかな品格を、弦宇の肉体は自然と備えている。

頭のなかで、ツキノワグマがタキシードを着て社交ダンスを踊りだす。いつ相手を喰い殺すかわからない死の舞踏だ。

四年前に、公演などでの演奏はぱったりやめている。

なにか切っ掛けになることがあったのだろうか？

車は神奈川にはいってから高速を降り、工場の立ち並ぶエリアで止まった。弦宇が無言で車を降りる。槐もそれに続いた。

村主が指定したという建物は、軽く十年は使われていない様子の廃墟と化した工場だった。リノリウムの床はあちこち剝がれ、プレス機などが放置されている。壁に沿って設けられた鉄製の階段を弦宇が上っていく。手摺も階段も錆びつき、いまにも崩壊しそうだ。

その階段を軽やかに踏みながら、槐は呟く。

「ここが初めのシーン、ね」

台本は瀬戸に捨てさせたから、まったく読んでいない。

——どうせ、必要になることはない。

貞野弦宇が「観察したくなる人間」であるのは確かだが、彼が自分を口説き落とせるとは思えなかった。

少なくとも、死にたがりのスタントマンほどは、そそられない。

三階ぶんの階段を上って最上階につく。

頭を水滴に叩かれる。見上げると、天井が何ヶ所も抜けていた。足元には水溜まりが広がっている。屋内にいる意味がない有り様だ。

小雨に顔を晒して仰向いていると、ふいに喉に圧迫感が起こった。

槐は顎を上げたまま見下ろすように、自分の首を絞めている弦宇へと視線を投げかけた。

「苦しいよ？」

囁くと、弦宇が薄暗がりのなか、白目をギラつかせる。

「このシーンから始まる」

「なかなか絵になるシーンだね」

喉の圧迫感が増し、気道が狭まる。

なまなましい殺意を感じて槐が微笑むと、弦宇が眉を歪めた。

「ヤれないと思ってるのか？」

「僕をヤっても、君は楽にならないよ？」

まるで自分のほうが首を絞められているかのように弦宇が喉を鳴らした。わずかに緩んだ手指を、槐は首から剝がす。

急に喉に空気が通り、濡れた床に片膝をついて噎せると、前髪を摑まれた。仰向かされる。

「知ったような口をきくな」

「――君のことなんて、知らないよ。ただ」

濡れた眸で上目遣いに相手を見据える。

「君の僕への気持ちは、薄っぺらい。その殺意も、薄っぺらい。自分の破綻を誰かにぶつけて楽になりたいだけだ。あの晩、邪魔をした僕が憎(にく)いというのも、体(てい)のいい理由づけにすぎない」

弦宇の顔に蔑(さげす)みの色が浮かぶ。

「薄っぺらいのは、お前のほうだ」

灰色がかった左目だけを、槐は細める。

「否定はしないよ」

弦宇が乱暴に槐の前髪を放す。

ひと息ついてから立ち上がると、槐はからかう口調で告げた。

「僕を口説きたいなら、もっと本気にならないとダメだよ？」

役に立たない天井の下で、ずぶ濡れになっている男が横目で睨んでくる。

なかなかそそられる凶暴さだ。

誑(たぶら)かしてみたくなった。

「上手(じょうず)に口説けたら、本当に殺させてあげてもかまわないんだけどね」

睨む藍色の眸が、水気を帯びていく。

コートのポケットが震えた。スマホを出して確かめると、瀬戸からメッセージが届いていた。

〈大丈夫ですか？〉

弦宇の車のサイドミラーにはずっと、見慣れた車が映(うつ)っていた。弦宇との連絡は瀬戸に取らせたため、彼は今日のことも把握(はあく)している。いかにも危ない男とふたりきりで出かけさせられないと、尾行していたのだ。

〈殺されかけたよ〉

そうメッセージを返してから、槐はスマホを弦宇へと差し出した。

「連絡先、入れて」

スマホが戻ってきたのとほぼ同時に、瀬戸がカンカンと鉄階段を踏み鳴らして四階へと駆け上がってきた。

「式見(しきみ)、さん、無事ですかっ⁉」

息を切らせて言いながら、瀬戸が槐を背で守るように弦宇の前に立つ。その少し低い位置にある肩に背後から顎を載せて、槐は笑う。

「ゴメン。冗談」

瀬戸が眼鏡の横からこちらを見て、さすがに少し怒ったように視線を逸(そ)らした。

「……いい加減にしてください」

堅物(かたぶつ)マネージャーの反応を愉(たの)しむ槐に、軽蔑(けいべつ)しきった表情を向けてから、弦宇は階段を下りだした。ほどなくしてランクルが走り去る音が聞こえてきた。

「役積みを続けるつもりですか？　何度も言ってますが、私はあの仕事を受けるのは絶対に反対です。内容的にもキャスティング的にも、メリットがありません」

斜め前の運転席から、瀬戸が語気を強めて言ってきた。

「瀬戸は、あの台本に目を通したんだよね？」

「はい」

「監督は愛憎劇とか言ってたけど、ざっくりどんな内容？」

「最近よくあるループものです。主役ふたりは元は親友ですが、致命的に仲違いをして、相手を殺したり——同性愛的な感情をいだいたりします」

「同性愛的って、そういうシーンでもあるの？」

苦い声音で瀬戸が答える。

「キスシーンがあります」

同性とのキスは、もちろん相手次第で気乗りするしないはあるものの、もともとバイセクシャルの塊としてはまったく抵抗はない。

ドラマでも映画でも演じたことはあるし、打ち上げのときにこっそり共演俳優にキスをしたり、おもち帰りをしたことも、一度や二度ではない。抱くぶんには男も女も大差ない。

——でも、あの男とじゃね……。

殺伐としたものは容易に想像できるが、キスシーンのほうは役のうえだとしても、どうにも想像できないし昂らない。

貞野弦宇は観察対象としては非常に興味深いが、性的な好みでは射程範囲外だ。

――抱きこんでちょうどいいぐらいの細身がいいな。

自然とひとりの青年が頭に浮かぶ。スタントマンの、津向要斗(つむぎかなと)――槐が唯一、宝箱に入れてみたいと思った相手だ。しっかり鍛(きた)えてあるのに筋肉質になりきれない肉体はどこか痛々しく、兄である津向總一郎(そういちろう)の気を引こうとして死にどんどん近づいていく姿に、性欲を掻(か)き立てられた。

その欲望は、いまにも失われそうなものを前にしたときの、切羽詰まった焦燥感(しょうそうかん)にも似ていたと思う。

できれば要斗を死なせたくないと思った。誰かを死なせたくないという気持ち自体が、槐にとっては新鮮だった。

たとえ両親が突然亡くなっても、自分はなにも感じない。実際、「両親」が実の親でないと中学に上がるときに知ったときも、なにも思わなかった。「母親」は育ての母の姉で、「父親」はわからないのだという。そして「母親」は、赤ん坊の面倒もろくにみずに、槐が一歳の誕生日を迎える前に失踪(しっそう)した。

その話を聞いたときも、怒りや失望は感じなかった。

たぶん、「母親」は、自分と同種の人間なのだろう。

もし再会することがあっても彼女は「お前のことを一日たりとも忘れたことはない」などと

いう定型句は口にしない。

むしろそうであることによって、自分は「母親」との繋がりを感じるのだろう。

冷たい、冷たくない、酷い、酷くない、の次元の話ではないのだ。そのような人間もいる、というだけのことで。

そうであるからこそ、津向要斗という存在は特殊だった。彼は槐にとって、気持ちを動かされる稀人であったのだ。本当の要斗を知りたいと願った。肉体の反応も心の反応も、襞を押し拡げて、眺めたかった。

彼が愛する人に抱かれる姿を観察したかった――その願望は結果的に満たされ、そして要斗は兄と生きることを選んだ。

だから、槐の宝箱は空っぽのままだ。

そこには、育ての親も「母親」も、誰もはいったことがない。

3

「式見さん、はいりまぁす」

スタジオにアシスタントの声が響く。放映中の春ドラマの番宣を絡めた雑誌のグラビア撮影だ。

「今日はよろしくね、式見ちゃん。しっかし一段と男前だねぇ」

いつものように馴れ馴れしい調子ですり寄ってくる三十代後半の茶髪カメラマンに、外資系エリートサラリーマン役らしくスーツに眼鏡、髪は後ろに流した姿で、槐は尋ねる。

「ツンとデレ、どっちで行きますか?」

「ツンからのデレ、フルコースで」

「それなら左から始めて、右でよろしく」

「りょ〜かい」

薄紫の背景幕に、黒革のカウチソファ。

そのカウチに前傾姿勢で腰かけて、視線を鋭くする槐を、カメラが左側から捉える。槐が姿勢や顔の角度を変えていくのを、カメラマンは「んー、いいねぇ」「うわぁ、くるっ」などと上擦った声を出しながら撮りつづける。

これまで何十回も槐を撮ってきただけあって、彼はほとんど指示らしい指示は出さない。槐が大衆に求められる最上の姿を提示してくれることをよくわかっているのだ。

灰茶色の眸で蔑むようにカメラを見ると、カメラマンが身震いする。

「式見ちゃん、刺激強すぎ」

「そろそろデレていいかな？」

尋ねると、カメラマンが槐の右側へと立ち位置を変える。

槐は赤茶色の右目を甘く眇めた。

クールさが求められるときは灰茶色の左目、甘さや華やかさが求められるときは赤茶色の右目。オッドアイの効果的な使い方だ。カメラマンはもちろん、映像仕事でも特にスクリーンに大きく映る映画のときは、監督たちもそれを意識して画面割りをする。

ネクタイを緩め、ワイシャツの一番上のボタンを弾くように外す。後ろに流した髪を崩して、眼鏡をズラす。最後には眼鏡を外して、甘える笑みを浮かべた。

「はぁ…最高」

ゲイ寄りバイセクシャルのカメラマンがファインダーから顔を離して、槐をじかに見詰めて口走る。

「このまま脱がせたいっ」

「それはまた今度だね」とさらりと返して、槐はカウチから腰を上げる。

「ねぇ、サード写真集は俺で真剣に考えてよ。式見ちゃ〜ん」

スタジオの隅で待機していた瀬戸が駆け寄ってきて、食いつくカメラマンとのあいだに割ってはいる。

「剝き出しの式見ちゃんを、撮らせてぇ〜」

控室に逃げこんでカメラマンをシャットアウトすると、瀬戸が溜め息をついた。

「そのうち撮影中に襲いかかりそうですね」

私服に着替えながら槐は喉で笑う。

「彼は大丈夫だよ。本当に危ないのは、ああいうのじゃない」

曲がりなりにも小学二年から業界に出入りするようになり、これまで被害者にならずにこられたのは、感情の混ざらない観察眼によるところが大きい。

周りのキッズモデルや子役が毒牙にかかったという話は珍しくなかった。よくしてくれる大人になついて被害に遭うのは、芸能界に限ったことではない。

信頼して気を許すのは、子供らしさ、人間らしさであるけれども、そのせいでちょっとした視線や表情のいやらしさとか不気味さとかに気がつくことができないのだ。

「どちらかといえば、瀬戸のほうが危ないぐらいだよ?」

化粧台に腰を預けて、シャツのボタンを留めながらからかうと、瀬戸が生真面目に返してきた。

「私は純粋に、式見さんに恩返しをしたいだけです」

瀬戸の親はいわゆるステージママというやつで、瀬戸は幼稚園に上がる前からさまざまなオーディションを受けさせられていた。身長は槐ほどないもののすらっとしていて顔も整っているが、もともと表舞台に立つことが性に合っていなかったせいで、心身症に悩まされていた。それでも親の期待を裏切れないと、俳優業を続けていたのだ。

三年ほど前にドラマで共演した際、瀬戸はひどい眩暈に悩まされていた。

だから槐は彼に、「君は裏方のほうが向いてるから、僕のマネージャーにでもなれば？」とポンと言った。単純に観察して思ったことを口にしただけだったのだが、そのドラマの仕事を終えてしばらくして、瀬戸は表舞台の仕事を辞め、槐の所属事務所に裏方として入社してきた。

マネージャー補佐から始めたものの、長年にわたって蓄積してきた自身のコネクションを駆使して次々と数字に繋がる仕事を取りつけ、二年ほどで槐のメインマネージャーとなったのだった。

「もう、眩暈もまったくありません」

そう言って、瀬戸が槐の袖のボタンを留める。

眼鏡の下で伏せられているすっきりとしたその目許を、槐は眺める。

自分は無責任な提案をしただけで、選択して力を示したのは、瀬戸自身だ。

だがまぁ、恩に着て、いささか口うるさいもののよく働いてくれているのだから、なにも言うことはない。

瀬戸がもう片方の袖のボタンを留めていると、スマホが短く鳴った。メッセージを確かめて、槐は小さく舌なめずりをした。それを瀬戸が見咎める。

「……貞野弦宇からですか？」

「アタリ」

「あれは危険な男です」

「そうだね」

受け流す槐に、瀬戸が苛立った視線を向ける。

「あの男は二回、式見さんを殺します。アテガキって話でしたが、きっと貞野がそういう脚本を書かせたんでしょう」

「かもしれないね」

弦宇への返信を送って化粧台から腰を上げる。

「そろそろ移動しないとだよ？　次はＣＭの打ち合わせだっけ？」

ドアに向けて歩きだす槐の背中に、瀬戸が訴える。

「たとえ役のうえでも、あの男にあなたを殺させたくありません」

槐は赤茶色の右目で瀬戸を振り返り、甘く目を細めた。

「瀬戸は可愛いなぁ、もう」

「で、これは、どういう役積み？」

築五十年を過ぎていそうな一軒家に上がりながら、槐は背後で玄関の鍵をかけている男に尋ねる。

午後に弦宇からメッセージが送られてきて、今夜、二回目の役積みをしたいと告げられたのだ。二十一時なら空くと返信し、ブロンズカラーのランクルに事務所近くで拾われた。そうして、この川沿いにある都下の一軒家に連れてこられたのだった。

車の後部座席から下ろしたチェロケースを肩にかけたまま弦宇が答える。

「俺の家にお前が転がりこむ設定になってる」

「同棲するわけ」

靴を脱ぎながら言うと、弦宇が妙に頑なな雰囲気で「同居だ」と訂正してきた。

愛憎劇でキスシーンもあるそうだから、同棲でも間違いではないはずだ。

『アテガキって話でしたが、きっと貞野がそういう脚本を書かせたんでしょう』

瀬戸の言葉が思い出された。

——キスシーンのほうは、オーダーしたわけじゃないだろうけど。

リノベーションすらされていない古い家屋は、和室を中心とした造りで、畳は煮染めたような色合いをしている。最低限の掃除はされていて、年季のはいった家財道具がひととおり揃っているから生活はできそうだが。

「ここもロケ物件？」と尋ねると、二間続きの居間にある箪笥の抽斗を開けながら弦宇が「俺の家だ」と答えた。

「え？　ここに住んでるってこと？」

「そうだ」

「音楽一家の御曹司が、どうしてここ？」

「事故物件で叩き売りされてた」

槐は居間にはいったとたんに気づいた、一枚だけ新しくなっている畳を見詰める。自殺か他殺かはともかく、あそこが「現場」なのだろう。

「変わった趣味だね」

「どこでもよかっただけだ」

普通の「どこでもいい」とはだいぶ振れ幅が違うあたりに、槐は内心ほくそ笑み、指摘する。

「今日はタイムラグなしに会話をしてくれるんだね。嬉しいな」

弦宇は不本意そうに舌打ちして、抽斗から出した浴衣を突きつけてきた。受け取ると、「風呂は沸かしてある」とだけ言って、居間の奥にある引き戸から隣の間に行ってしまった。

風呂にはいれ、ということらしい。

自分を殺したがっている男の家に連れてこられた挙句、事故物件で入浴を求められるとは、いったいどういう展開なのかと考えを巡らせつつ、そこそこ広い家屋をうろついて風呂場を見つける。床に丸石タイルが嵌められたレトロな作りだ。

入浴中に襲撃するつもりかと疑ったが、なにごともなく風呂を上がって糊のきいた下ろしたての浴衣に腕を通し、角帯を締める。本藍染めの絞りの浴衣で、なかなかいい品だ。家は事故物件でよくても、こういうところには拘りがあるらしい。

脱いだ衣類を腕に引っ掛けて廊下に出ると、味噌汁のいい香りが漂ってきた。その香りを遡っていくと、台所に出た。大きな体軀の男が、低めの調理台に向かって、慣れた手つきで小葱を刻んでいた。黒い上下を着ているからわかりにくいが、ちゃんと黒いエプロンをつけている。

弦宇がちらとこちらを見返る。

「居間で待ってろ。服は応接室にでも置いておけ」

応接室がどこかという説明は、もちろんない。しかし映画のロケでこの年代の家屋を使ったことが何度もあったから、大体の配置はわかる。応接室は縦長の洋間で、そこに置かれたソファに衣類を置いた。ついでに座ってみると、使い古された革張りソファ特有の、包みこまれるような心地を味わえた。これは悪くない。

茶色い古びたガラスのシーリングライトは優しい光を零している。家具もシンプルだが、丁寧な仕事で作られたもので揃えてある。

事故物件の主を、ものを通して観察していると、居間のほうから「飯だぞ」という低い声が響いた。

居間の座卓には、麩とワカメの味噌汁、つややかな白米、照りのある鰆の西京焼き、煮物と漬物が並べられていた。この時間帯に食べても、胃が重くならなそうな、ほどよい感じだ。

弦宇の向かいの座布団に胡坐をかいて座り、和食ならではの香りのシンフォニーに唾液腺を刺激されながら、槐は眉を弓なりにする。

「毒殺とか？」

すると、弦宇が味噌汁をひと口啜って、目を光らせた。

「そんな詰まらないヤリ方はしない」

「じゃあ、いただきます」

槐は箸を手に取り、鰆の身をほぐして口にした。そして思わず笑みを零す。

「その見た目で、こんなほっこりする優しい味付けをするんだ？」

弦宇がまた舌打ちした。

箸が止まらなくなり、槐は殺意ある男の手料理に舌つづみを打ち、完食する。

振る舞われた食後の茶を口にしながら、薄焼きの品のいい長湯呑や、料理が盛られていた皿を改めて眺めていると、弦宇がぼそりと言った。

「この家についてた」

そんな気はしていた。

「元の家主は、かなりセンスがいいね」と感想を述べると、弦宇が自身の手にしている長湯呑を、初めて見る顔つきで矯（た）めつ眇めつする。これまで自分がどんな食器を使っているのか、認識すらしていなかったようだ。

「ここに住んで、何年？」

「四年だ」

チェリストを辞めたところだ。

「俳優業はどう？」

「まだわからない」

「観たよ。村主（すぐり）監督は君に惚（ほ）れこんでて、今回と同じように二作とも園井（そのい）さんにアテガキで脚本を書かせてたんだね」

座卓に身を伏せるようにして、上目遣いに弦宇を見る。

「そして今回は、僕を殺す脚本まで書かせたんだ？」

奥二重の目を半眼にして、弦宇は認める。

「ああ、そうだ。それに上手に口説けたら本当にヤっていいと、お前が言った」

ギラつく目は、どこか性的なものを連想させた。

「じゃあ、口説くために、わざわざ風呂や食事を用意してくれたわけ？」

「そうだ」と鬱陶しそうに答えながら、弦宇が食器を重ねて立ち上がる。

「洗面所に洗面用具がある。布団は二階に敷いてある」

「泊まりなんだ？　明日、早いんだけどな」

「起こしてやるし、送ってやる」

「なに？　案外、尽くし型なの？」

「目的のためだ」

彼のなかでは一本の筋が通っているというわけだ。

台所への引き戸をくぐるのに鴨居にぶつからないように頭を下げる男を見送りながら、槐は目を細める。

瀬戸に言ったとおり役積みをするつもりはない。村主の映画に出演することはまずないだろう。自分は弦宇には落ちない。

ただ、観察対象としてはやはり非常に興味深い。

槐は歯磨きと洗面を済ませると、二階に上がった。布団の敷いてある部屋を見つける。

二組の和布団が四畳半の部屋に並べて敷いてある。ほかに何間もあり、八畳間も六畳間もあるのに、この狭い部屋を選んだのは意図してのことだろう。

ここであの男とふたりで寝るのは、ツキノワグマと同じ檻にはいるようなものだ。

「事故物件以上にホラーだな」

四畳半の天井には照明がなく、布団のあいだの枕元に竹細工の置き行燈が置かれている。その灯りを頼りに向かって右側の布団に横になる。スマホのアラームをセットするときに確かめると、瀬戸から五件のメッセージが来ていた。昼に弦宇から槐に連絡があったのを知っているから、心配していたのだろう。もし、この泊まりのことを知ったら、卒倒するかもしれない。

古い家屋特有の匂いと空気感のなかで目を閉じていると、下から風呂を使っているらしい音が聞こえてきた。しばらくしてから重い体重に階段が軋む音が聞こえる。

弦宇が部屋にはいってきた。

そして、槐が寝ていると思ったのか、自然と足音を忍ばせた。

――……やっぱり、人と暮らし慣れてる。

この家に足を踏み入れてからいまに至るまで、すべてが過不足なく整えられていた。それに、食事が出来上がったときの「飯だぞ」と言ったときの声の調子や、ふたりぶんの食事の用意から食器の片づけまで、すべてが手慣れた自然さだった。

よく誰かを泊めていた――いや、同居か同棲だったのかもしれない。

しかし、この家にはその誰かの痕跡は見て取れない。

――この家に移る前のことか。

彼は四年前、チェリストを辞めて、この事故物件に移り住み、死者のものを日常使いしながら暮らしてきた。自分がどんな食器を使っているのかすら意識を向けずに、特に思い入れもなく俳優業をたまにするだけの生活だ。

しかし、チェロに対する思い入れは、いまだにある。

そうでなければ、車に常に棺桶のようなチェロケースを載せてまわったりしないはずだ。いまも弦宇の布団の向こう側には、チェロケースが横たわっている。

それになにより、あんな狂おしい演奏を何時間もするのは、チェロが彼にとって特別なものでありつづけている証拠だ。

あの夜に聴いたユモレスクの中盤が、耳の奥で流れはじめる。

それに重ねて、大橋（おおはし）ジャンクションの、ループ構造のトンネルが瞼の裏に浮かんでくる。繰り返される胸の詰まるような旋律。果てしなく円を描くトンネル。どこまでも回りつづけて、いつまでたってもそこから抜けられない。

頭の芯がくらくらしてきて、槐の意識はいつしかその渦（うず）に飲みこまれていった。


アラームが鳴りだす。

ひと晩中、旋律とトンネルをぐるぐる回っていたかのような悪酔い心地で目を覚ます。

喉をなにかに圧迫されている。

ゆるりと瞼を上げる。

自分に覆い被さる男の、藍色がかった眸と視線がぶつかる。槐は微苦笑を浮かべた。

「がっつきすぎだよ」

しかし弦宇は低く唸ると、槐の掛け布団を引き剝がして、馬乗りになってきた。そして両手で本格的に首を絞めようとする。

槐は溜め息をつくと、弦宇の手首を左手で摑みつつ、右手で彼の肘を握り、内側へと引き寄せた。そうしながら脚を絡め、身体を横転させる。

いまのところ事務所の方針で禁止されているものの、アクションシーンもやってみたいという考えがあり、個人的に指導を受けたりして研究してきたのだが、こうして実生活で役に立つこともある。

体勢逆転で弦宇に馬乗りになって、見下ろす。

そうして、弦宇の目がひどく充血していることに気づく。クマもできていて、この様子だとまんじりともせずに朝を迎えたのかもしれない。

槐は髪を搔き上げて、見くだす表情を浮かべた。

「僕が隣にいて眠れなかったんだ？」

弦宇が簡単に煽られて、今度は下から喉を摑んでこようとする。その分厚い手の、親指の付け根に指先をめりこませる。痛みに緩んだ男の腕を摑んで、布団に押さえつけた。

どちらの浴衣もひどく乱れていた。腿が剥き出しになり、衿からは胸がなかば露わになっている。傍から見れば、セックスの最中にすら見えることだろう。

充血した目で瞬きもせずに睨みつけてくる男を、崩してやりたくなった。

男の腕を押さえつけたまま、座る位置を下にずらす。陰茎を潰すかたちで座りなおす。

――さすが、この体格だけはあるな。

常態で緩んでいるにもかかわらず、それは並みの成人男性の勃起時ほどの太さと長さだった。

槐は弦宇の目を覗きこんだまま、腰をゆるゆると動かした。

同性に抱かせたことはないが、こういう方法で性欲を引きずり出して服従させる遊びは幾度もしてきた。そして、これまで異性でも同性でも、反応せずにいられた者はいなかった。

槐はじっと弦宇を観察する。

……なにひとつ、変化がない。眉ひとつ動かさず、相変わらず瞬きもせずにこちらを睨んでくるばかりで、動揺すら見て取れない。陰茎もまた、わずかの反応も示さない。

鼻白んでいると、弦宇がスヌーズ機能でふたたび鳴りだしたスマートフォンを横目で見て、

「うるさい」と眉間に皺を寄せた。

4

事務所前でランクルの助手席から降りたとき、ちょうど出社してきた瀬戸（せと）と鉢合（はちあ）わせになった。瀬戸は運転席へと目をやったかと思うと、眼鏡の奥で目を剝き、槐（えんじゅ）の腕を摑んで事務所ビルへと引きずりこんだ。

「ど、どうして、貞野（さだの）の車に、こんな朝っぱらから」

槐はエレベーターホールへと向かいながら軽く答える。

「弦宇（げんう）の家に泊まってる」

「泊まってるって……」

ちょうど降りてきた箱に乗りこむ。

「もう一週間ぐらいになるかな」

呆然自失（ぼうぜんじしつ）で石化している瀬戸の前で、エレベーターのドアが閉まりはじめる。すんでのところで手をドアのあいだに突っこんで、まろぶように箱に乗りこんできた瀬戸の顔は蒼白になっていた。

「貞野の家に、住んでるってことですかっ⁉」

瀬戸が引っくり返った擦（かす）れ声で詰問（きつもん）してくる。

「そういうこと」

「そういうこと、じゃないでしょう！　選りによって、どうして……」

「ちょっと興味があるだけだよ。まあ、このとおり僕は元気だから問題ない」

毎朝、弦宇に首を絞められているが、いまのところ致命傷にはなっていない。

「それに、あいつはあんな外見のくせに、なかなか料理上手なんだよ」

「料理なら、私もできます」

「ああ、何度か作ってもらったね。フレンチトーストにパスタに鱈のムニエル。女の子ならいっぺんで落ちるところだよ」

反して、弦宇の料理は徹底的に和食だ。

繊細さはない男の料理だが、特に煮つけが上手くて、素材の旨みを何倍にも引き立てるすべを知っている。しかし本人はまるで砂でも噛んでいるかのような顔つきで食事をする。自身のためではなく、かつて誰かのために習得した料理の腕であるように感じられた。

きっと、一緒に暮らしていたことがある誰かのためだろう。

——どんな女だったのかな？

毎朝、首を絞められてから上下逆転して、弦宇を性的に煽るのまでがワンセットになっているのだが、相変わらず、なんの反応も示さない。

おそらく徹底的にノンケで、女にしか欲情しないのだろう。

しかし、それならそれで同性に性的なことを仕掛けられれば、動揺したり嫌悪感を示したりするはずだが、それすらもない。

そういう腑に落ちないところにさらに興味を引かれて、ずるずると泊まりつづけてしまっていた。観察するのには、それがもっとも手っ取り早いからだ。

観察しつくして弦宇を陥落させた暁には、滅多にない達成感を味わえることだろう。

そして、それと同時に弦宇への関心も一気に薄らぐ。

落としたうえで宝箱に入れたくなるような相手は本当に稀であり、弦宇に対してはそういう気持ちはまったく動かない。

「……あの仕事は受けないって、言ってましたよね？」

心配する瀬戸の肩を軽く叩いて宥める。

「大丈夫。受けないよ」

自分が弦宇を落とすことはあっても、自分が弦宇に落ちることはないのだから、そう答えは出ていたはずなのだが。

弦宇の家で寝泊まりするようになってから半月ほどがたったころ、

『意外な交友!? カメレオン俳優・式見槐が、天才チェリストの家に連泊』

という記事が、ネットのゴシップニュースとして上がったのだった。

ちょっとしたトピックスだったが、槐のファンと、弦宇のコアなファンが反応して、あっという間にＳＮＳで話題になった。

槐側は、瀬戸がコメントする必要なしと判断してガードした。

ところが、ワイドショーの記者が弦宇のほうに直撃取材をしたところ、あろうことか、こう言ったのだった。

『映画で共演する予定がある』

そのワイドショーの動画をスマホで確かめた瀬戸が呻(うめ)いた。

「完全に嵌(は)められました」

連泊情報をリークしたのからして、弦宇サイドだったのだろう。

すぐに村主(すぐり)監督まで出てきて、槐と弦宇は「役積み」をしているのだと吹聴(ふいちょう)したのだった。

瀬戸は村主監督と弦宇サイド——彼は事務所に所属しておらず、マネージメントや事務関係は園井(そのい)が担(にな)っている——に抗議を入れたが、後の祭りだった。

世間的には映画は確定事項となり、式見槐が問題作を連発する村主監督作品に出演することについての記事が次から次へと上がっていった。いまさら出演しないと言えば、身勝手な降板と叩かれかねない状況だった。

記事が上がってから、瀬戸の完全監視によって弦宇の家に行くこともなくなっていたのだが、その晩、ＣＭ撮影を終えてスタジオのエントランスを出ると、そこに弦宇が立っていた。

「迎えに来た」

そう言いながら槐の腕を摑む弦宇を、瀬戸が引き剝がそうとしているところに、広告代理店のプロデューサーが出てきた。

「おやおや、噂のふたりが揃い踏みか。村主監督作品にはいつもうちが嚙ませてもらってるから、今回も楽しみだよ。話題性もバッチリだから、興収も見こめそうじゃないか」

調子よく喋るプロデューサーの手前、瀬戸が強く出られないのをいいことに、弦宇は槐を自身の車の助手席に乗せて、連れ去った。

「なかなか策士だね」

苦笑しながら運転席に視線を投げると、険しい横顔で弦宇が返す。

「引き受ける気なんてなかったんだろう」

「へぇ。バレてたんだ」

刺すような視線が一瞬、こちらに向けられた。

「お前は俺の邪魔ばかりする」

「確かに初めに演奏の邪魔をしたのは僕だけど、その後はそっちから絡んできたんだろう」

「演奏だけじゃない」とぼそりと呟いて、弦宇が沈黙する。

その横顔には昏い苦渋が滲んでいる。

いったいどれだけのものを、この男はかかえているのだろう。それを解析しようとするとしかし、頭のなかでユモレスクの哀調部分が流れはじめた。解析に集中しようと目を瞑る。今度はループ状の出口のないトンネルを車が走っているような錯覚に囚われる。

——……なにか、おかしい。

ループの渦に飲まれるのをなんとか踏みとどまっているうちに、弦宇の家に着いた。

「役積みをしないわけにいかない感じかな？」

シートベルトを外しながら尋ねると、ふいに弦宇が拳を目の前に伸ばしてきた。なにかを握っているらしい手を軽く振る。その下に掌を差し出すと、硬くて軽いものがぽとりと落ちてきた。

「いつでも使っていい」

「……」

合鍵が置かれた掌から、かすかな痺れの漣が繰り返し生まれる。

自分のこの反応はいったいなんなのか？

眉根を寄せて考えていると、運転席から大きな身体が覆い被さってきた。強い指に顎を摑まれ、間近に覗きこまれる。

「役積みなんて、どうでもいい。お前を落として、きっちり殺す——二度と俺の邪魔をできないようにしてやる」

今度は顎と眼球から、強い痺れの漣が拡がった。

首に圧迫感を覚えて、目を覚ます。

いったん離れたループのなかへと舞い戻ったのを、槐は感じる。

藍色がかった眸は今朝も殺意に燃えている。

強い手指に押さえられている喉が、痺れる。このまま絞めさせておいたらどうなるのかという考えが頭をよぎりつつ、いつものように男の手首と肘を摑んで、身体を上下逆転させた。

今日は煽らずに弦宇のうえから退こうとしたのだが、しかし腰を両手でグッと摑まれた。

そうして、やわらかいままでもずっしりとした体積のある陰茎に、会陰部を載せさせられる。

「──」

痺れが、摑まれている腰と、身体を重ねている場所から、波紋を描いて拡がっていく。その痺れから逃れたくて腰を上げようとするのに、弦宇の指先が浴衣越しに肌に沈む。

槐の動きを抑えこんだ弦宇が、ねっとりと腰を遣いだす。

「……、っ…」

身体が勝手にビクついて、槐は上体を支えるために男の腹部に両手を置いた。

下から見上げてくる目は、一睡もしていないかのように充血していて、据わっている。

槐は眉をひそめて自身の下腹部へと視線を向ける。

そこに痺れが溜まって、朝の生理的反応とはまた別の充血を呼んでいた。

――なんで……こんな男に。

自分は性的な反応を引きずり出されているのに、相手のものは相変わらずやわいままなのだ。しかも相手は、そういう意味ではまったく好みの範疇外だ。納得のいかなさに下唇を噛むと、弦宇の目が嘲笑に歪んだ。

腰を強く男の下腹に引き寄せられる。痺れている脚のあいだを、萎えたままのペニスに埋められ、潰される。

乱れた浴衣の裾から覗く内腿が引き攣れ、わなないた。その腿を大きな手指でなぞられる。

「案外、簡単に落ちそうだな？」

槐はじっと男を見返し――目を細めた。

勃起こそしていないものの、弦宇の手はひどく熱い。掌で触れている腹筋もまた、力んで、硬くなっている。

初めのころにはなかった反応だ。

槐はしなやかに上体を前傾させると、左手で男の前髪を優しく掻き上げた。黒に藍色が入り混じる虹彩を見詰め、甘く微笑する。

「キスシーンの練習もしておく？」

そう囁きながら顔を寄せると、弦宇が唸る。さらに唇を近づけてみる。今度は大きく顔を背けて、槐の腰を押さえている手を外した。

その強張る頬に笑いの吐息を吹きかけてから、槐は男のうえから降りた。そして尋ねる。

「僕が落ちたら殺させてあげるけど、君が落ちたら僕になにをしてくれる？」

「俺がお前に落ちることは絶対にない」

「それでもこういうことはちゃんと決めておかないと、ゲームを愉しめないよ。そうだな……」

えげつないことをもちかけてやろうと考えを巡らせたが、自分がすっきりできることを槐は選んだ。

「もし君が落ちたら、ユモレスクを最初から最後まで僕のために弾いてよ」

しかしそれは弦宇にとってもっとも嫌な提案であったらしい。

血走った目が、殺意を籠めてこちらを睨んできた。

5

「若者のＥＤにも、バイアグラって効くのかな？」

　スマホで検索しながら呟くと、横の席の瀬戸が真顔で訊いてきた。

「ＥＤになったんですか？」

「僕じゃないよ」

「……いっそ、ＥＤになってくれたほうが私としては安心なんですが」

　共演者喰いの俳優のマネージャーとしては、それが本音だろう。

「でも、それならいったい誰が――」

　瀬戸の声に被せて、ドアがノックされる音が響いた。瀬戸がサッと立ち上がり、会議室のドアを開ける。

「本日はよろしくお願いします。村主監督、園井さん」

　一応は丁重に出迎えた瀬戸に、「いやぁ、流れで出演してもらうことになって、申し訳ない」と、まったく申し訳なく思っていない顔つきで、村主が言う。

　半分は村主たちが書かせたのであろうマスコミの記事に大衆はすっかり乗せられ、式見槐が村主監督作品に出ることは確定してしまっていた。

瀬戸も渋々ながら舵を切り、今日は改めて、正式に契約を交わす運びとなったのだった。

書類を完成させたのち、監督がいかつい髭面に険しい表情を浮かべた。

「一点、大事なことを言っておかねぇとな。式見さんにはいっさいの演技をやめてもらう」

「演じるなと？」

「そうだ。この役ならこんな演技、なんていう不純物は除けて、自分自身の感覚と反応を出してもらう。アドリブも大歓迎だ」

園井が村主の隣の席で、ひとりごちる。

「僕の書いたセリフなんて、いつもほとんど残らないんだから」

村主がリアリティを重視した作風であることは把握していたが、演技をするなというのは、また極端だ。

「俺が撮りたいのは、リアルな貞野弦宇と式見槐だ。カメレオンの式見槐に用はない」

瀬戸が強い調子で口を挟む。

「式見の強みを消せということですか？」

村主が三白眼で、瀬戸をギロリと見る。

「俺の作品に、ハリボテ役者はいらねぇって話だ」

椅子をガタつかせて立ち上がらんばかりになる瀬戸を、槐は手で制した。両肘をデスクについて、組んだ指のうえに顎を置く。

「素(す)の僕を撮らせろと？」

「弦宇に向ける自然な表情、声音、視線――それを引き出すための役積みだ。それは弦宇のほうも同じだが、あいつはもともと演技がなにかわかってねぇから、演技をしない。いつだって、素の貞野弦宇だ」

「素の貞野弦宇……」

今朝の、キスをしようとしたときに背けられた横顔が思い出されて、腰のあたりがざわりとする。あれは殺意剝き出しの状態とはまた違う、弦宇の「素」の顔だった。

「演技なしのポルノか」と呟くと、村主がにたりとして「エロいだろ」と言ってきた。

エレベーターホールまで見送りがてら、瀬戸が村主に食い下がって詳細(しょうさい)な確認をしている後方で、園井が槐にひそめた声で訊いてきた。

「貞野さんは、家でチェロを弾いてますか？」

「少なくとも僕の前では弾かないね」

そう答えると、園井が安堵の表情で呟いた。

「よかった…」

槐は小柄な脚本家の横顔をじっと見詰める。

「同居する設定にしたのも、なにか計算があってのことなわけだ？」

しかし園井は質問には答えないまま、エレベーターの箱に乗りこんだ。

閉まりゆくドアの向こうで、園井が目を細める。黒目勝ちな目が、塗り潰したようになった。

グラスブルーのアストンマーティンをその家の駐車スペースに入れて、車を降りる。

四谷の閑静な住宅街に佇む一軒家の壁は、海か夜空のような不思議な色合いをしている。寒色系の煉瓦が組み合わされていて、そのように見えるのだ。

以前にも一度訪れたことがあったが、その頃よりも庭の手入れがされていて、家全体が活き活きとしたエネルギーを蓄えているように見えた。

「いらっしゃい、槐さん」

掠れ声で言いながら玄関前で迎えてくれた津向要斗に、槐はさっと両腕を開いた。そしてそのまま細身の身体を捕らえる。

「ああ、やっぱりいい抱き心地だ…」

しみじみと堪能しながら、手土産の袋をもっていないほうの手で、要斗の背筋を撫で上げる。

敏感な身体がビクッと跳ねるのにほくそ笑んでいると、整った顔に絵に描いたような鬼の形相を浮かべた津向總一郎が屋内からスリッパのまま飛んできて、要斗を槐の腕から奪い去った。

槐は体格も顔立ちも似ていない兄弟を眺めながら肩を竦める。

「つれないね。君たちにとって、僕はキューピットも同然なんだから、少しは感謝を示してもいいんじゃないかな？」

「悪魔の間違いだろう」

弟をきつく抱きこんだまま言う總一郎に、槐はからかう視線を投げる。

「どっちが悪魔だろうね？　要斗の声がそんなに掠れるぐらい愉しんで」

心当たりがあるらしく、總一郎の頬が引き攣った。そして、弟を説得しようと試みる。

「カナ、やっぱり俺は反対だ。こいつからの仕事は受けるな」

しかし要斗は、兄の腕を身体から外すと、きっぱりと告げた。

「俺はできる範囲の仕事を、きちんと見極めて引き受ける。兄貴は俺を信じてないのか？」

「……いや。いまのお前は、プロのスタントマンだ」

兄の答えにひとつ頷いてから、要斗が凜々(りり)しい表情を向けてくる。

「どうぞ。仕事の話をしましょう」

促(うなが)されて津向家のリビングに通された槐は、思わずまじまじと部屋を凝視(ぎょうし)した。

ダブルベッドが部屋の中央に置かれ、ソファセットが窓際に追いやられているのだ。

「まるでワンルームの同棲だね」

率直な感想を言うと、要斗が頬を少し紅(あか)らめながら天井を指差した。

「梁(はり)が気に入ってるから」

このリビングの梁は、まるで原子の結合図のように組まれている。それは学者の両親――母親のほうはすでに鬼籍にはいっているそうだが――と、息子ふたりの関係のように、複雑でいて不可思議な、美しいバランスを保っている。

キッチンカウンターの向こうで紅茶を淹れながら、總一郎が言う。

「家族の共有スペースで寝起きをして、なにが悪い」

苦い顔をしているのは、彼なりに照れているのだろう。

槐は笑いを噛みながら指摘する。

「わざわざ家族の共有スペースで、してるんだ？」

要斗の顔が今度こそ真っ赤になり、さすがに總一郎のほうも目許をほの紅くする。

そんなふたりを槐は細めた目で観察する。

以前の要斗は、いつか兄のために命を落としかねないほど危うかったが、いまはふたりの関係が深く安定したものになったためだろう。自然体で、肩の力が抜けているのが感じられた。同時に、人妻のような、生活に根差した色香も漂う。それは兄によって日々、引き出されているものに違いなかった。

このふたりのセックスを、槐は間近で目にしたことがある。

要斗が愛する人に抱かれる姿を見たのだ。

要斗のことは特別に気に入っていて、できれば自分がその相手になりたかったが、それでもそのような要斗の姿を細部まで観察できて、満たされ、彼の選択を受け入れることができた。

そしていま、要斗は生きていて、兄の横で幸せそうにしている。

――……よかった。

手放したものを惜しむ気持ちとともに、素直にそう思えていた。

こういう人がましい感情は、とても新鮮だ。

ソファセットの向かい側に座った要斗へと、槐は台本を手渡した。

「付箋の五ヶ所のスタンプを頼みたいんだ」

真剣な顔で台本を確認する様子が可愛くて見入っていると、總一郎が運んできた三脚のティーカップをローテーブルに置きながら鋭い咳払いをした。

初めて顔を合わせたときは、クールな印象の医師だと思ったものだが、いまとなっては弟を溺愛しすぎている危ない兄でしかない。

槐は手土産の紙袋を總一郎へと差し出した。

「ふたりで愉しめるものを厳選しておいたよ。どうぞ。お兄さん」

受け取った總一郎が、「どうせ、ここでは開けないほうがいいものだろう」と見透かす。

しばらくして、台本を閉じた要斗が深く息をついた。

「なかなか激しい内容ですね。槐さんも新境地なんじゃ？」

「そうだね。一作中で何度も死ぬなんて、初めてだよ」

「それは観る価値があるな」と呟く總一郎を、要斗が肘でつついて叱る。

「どう？　受けてもらえるかな？」

尋ねると、要斗が大きく頷いた。

「ぜひ、やらせてください」

「じゃあ、決まりだね。監督のほうにはすでに話を通してあるから」

要斗が立ち上がり、頭を下げる。

「よろしくお願いします。また槐さんと仕事をできるの、嬉しいです」

ひとかたならぬ関係を通ったものの、蟠りを残さない要斗は清々しい。槐もまた立ち上がって「こちらこそ、よろしくね」と握手を交わした。

津向邸を去るとき、兄弟は玄関先で並んで見送ってくれた。

改めて見ると、兄弟は以前より似ているように感じられた。

――夫婦は似てくるっていうから、それかな。

ふたりは本物の家族になれたのだ。

6

また今日もろくに眠れずに迎えた朝、貞野弦宇(さだのげんう)は肘枕をして、隣の布団で眠る男を凝視していた。

この男は、雑音だ。

その容貌(ようぼう)から世間でどれだけもてはやされていようとも、弦宇にとっては尊(とうと)い旋律を途切れさせる邪魔者でしかない。

――早く……一刻も早く、こいつを消し去りたい。

そうすれば世界はまた、終わらない旋律の循環(じゅんかん)で満たされる。

自分はまた朝に夕にチェロを弾き、「カレ」への想いに深く沈みつづけることができるのだ。

だから今朝も、槐(えんじゅ)のすっとした首に手をかける。指先が脈拍を捉える。これを止めてしまえば、二度と槐は目を覚まさない。冷たさと甘さを片方ずつに宿す眸を、もう開けることはない。

いつにも増して、手指に力を籠める。

柳のような眉がしなり、閉じた長い睫毛(まつげ)が震える。

自分の体温が上がり、掌にじわりと汗が滲むのを弦宇は感じる。

雑音が大きくなる。

槐は朝のルーティンに、目も開けないまま弦宇の手首と肘にするりと手を滑らせる。乱れた浴衣の裾から露わになった脚が、弦宇の脚に絡みつく。密着するなめらかな素肌の感触に、鳥肌がたつ。

槐は今朝も、ウエイトの差などものともせずに弦宇に馬乗りになった。

ようやく、青い血管が浮かぶ瞼が重たげに上げられる。

見くだす眼差しが落ちてくる。

その姿は――弦宇としては決して認めたくないが――、天使を彷彿とさせた。美しくて優しい天使ではない。高みから地上を見下ろす、冷徹な天使だ。

そんな存在を踏み躙ってやりたくて、腰を鷲掴みにする。

陰茎を脚の狭間に押しつけると、槐がかすかに眉をひそめた。下から揺すり上げると、上体がしなって弦宇の腹部に両手をつく。

……槐の唇がめくれるように、わずかに開かれる。その狭間から舌がちろりと出て唇を湿す。

そうして、片膝だけを立てた。浴衣の裾が大きく開いて、内腿が露わになる。そのなまめかしい白さに視線を引きつけられ――弦宇は大きく瞬きをした。

浴衣の狭間から、腫れた器官が突き出していた。下着をつけていないのだ。

目を逸らしたいのに、凝視してしまう。

全体的に色素の薄い性器は、しかし先端だけ果実のように紅い。その切っ先の割れ目は透明な蜜で濡れ光っていた。

槐が腰を振ると、茎が反り返ったまま揺れる。

弦宇は槐の腰に指先を食いこませた。

冷たい天使のような男を地上に引きずり落として、二度と舞い上がれないようにズタズタにしてやりたい。そうして息の根を止めるのだ。

下から激しく腰を遣って擦り上げていると、槐が目の焦点を甘くしたまま、弦宇の浴衣の下腹を開いた。ボクサーブリーフの前を引き下ろされる。

腹へと重たく垂れているペニスに、槐がじかに会陰部を被せた。

ペニスを根元から先端まで擦られていく。槐の漏らす先走りが潤滑剤となって、さらに激しく擦れる。

もどかしくもなまなましすぎる感触に、弦宇はみずからも腰を揺すりつづけながら奥歯を噛んで唸る。

「ぐ…ぅ…ぅ」

激しい憎悪が腹の奥で逆巻く。

式見槐は「カレ」への祈りである演奏を妨げたばかりか、「カレ」への想いに深く沈むことを執拗に邪魔してくる。

この男の存在そのものが、耳を塞ぎたくなるような忌々しい雑音なのだ。

辛くも保っている弦宇の世界を崩壊させようと、煽りたててくる。

弦宇は槐の腰から離した両手を、その首へと伸ばした。

首を摑むと、槐が下瞼をせり上げて微笑んだ。

「勃つように舐めてあげようか？」

鳥肌がたって、弦宇は首を摑んでいる腕を横に振った。槐の身体が投げ落とされて、転がる。

「いった……鞭打ちになったらどうしてくれるの？」

アラームが鳴りはじめる。

「タイムオーバーだね」

槐は上体を起こすと、弦宇に斜め後ろからの姿を晒しながら、浴衣の乱れを軽く整えた。ぞろりと覗く項に、骨の連なりが淡く浮かんでいる。身長があり、骨格も決して華奢ではないのに、男性的な色香と女性的な色香が、同時に漂う。

槐がそこにそうしているだけで、この古い家屋の四畳半が、映画のセットになったような錯覚に陥りかける。

まるでなにかの役を演じているかのように、完璧な絵になっているのだ。完璧すぎて、実体がそこにないようにも感じられる。

——本当のこいつは……。

演じる余裕すらなくなった素の式見槐とは、いったいどのようであるのか。

上体を起こし、透かし見るように目を眇めて凝視すると、槐がするりと横目でこちらを見た。

「なに？」

弦宇は胸にあることを、そのまま返す。

「お前は作り物だ」

槐が目をしばたたき、顔を背けた。

そして弦宇の言葉など聞かなかったように立ち上がると、うっかり目を奪われそうなほど華やかな笑顔で言ってきた。

「午後に荷物が来るから、受け取っておいてよ」


部屋の掃除をしてから、古風な応接室のソファに弦宇は座った。槐はこの部屋とソファが好きなようで、よくここで台本読みをしている。

改めて意識してみると、年季のはいったソファは革がやわらかくなっていて、包みこまれるような温かみのある座り心地だ。シーリングライトや家具、寄木細工を思わせる床板なども、ひとつひとつ丁寧な職人の仕事であるのが見て取れる。

思えば食器も、同じだった。自分はこの四年間、それらをただのモノとして使ってきただけだった。しかし槐はそれぞれに価値を認め、元の家主のセンスを褒めた。

ここで不遇の死を迎えた者が使っていたものだという色眼鏡で見ることなく、きちんと切り分けて、目の前にあるものを評価し、気味悪がることもなく活用する。

「変な奴だ……」

たぶん、自暴自棄でここに移り住んで、備えつけの家具や食器を無感情に使っている自分も、傍から見れば奇妙なのだろうが。

――壊れてる……俺も、あいつも。

深く息を吐いて、手にしている台本を開く。そうすると自然に開きたがるページが三ヶ所ある。繰り返し読んだせいだ。

冒頭のシーンと中盤近くのシーン、それに後半のシーンだ。

それらのシーンで式見槐がこの世から失われることを想像するたびに、身体の奥底が張り詰め、わななく。それは長いこと忘れていたなまなましい熱だった。

この台本は、園井皐月に弦宇が書かせたものだ。

そもそも村主監督に弦宇を売りこんだのも園井だった。

園井は、平たくいえば弦宇の信奉者だ。

彼は弦宇より二歳年上で、十九歳のころにひと回り年の違う村主監督にシナリオライターとしての才能を見出されて、大学を中退して脚本家となった。

弦宇が園井を知るようになったのは藝大一年の夏休みにおこなった、チェロのソリストとしての全国ツアーのときだった。札幌・仙台・東京・名古屋・大阪・博多・沖縄と七ヶ所で開催したのだが、初のツアーで小規模なライブ会場ばかりだった。

そのすべての会場に、園井がいたのだ。

当時は名前を知らなかったが、その翌年、彼の書いた脚本で村主監督が撮った作品がカンヌ国際映画祭で特別賞を獲り、優しげな青年の姿がさまざまなメディアで取り上げられた。それで弦宇は、園井皐月の顔と名前を一致させたのだった。

それからもライブ会場で園井を頻繁に見かけたが、じかに言葉を交わすこともなかった。

園井が弦宇に接触してきたのは、三年前のことだった。すでに移り住んでいたこの事故物件を訪ねてきたのだ。

当時の弦宇は荒れ果てた生活を送っていた。いや、荒れるというよりは、朽ちると言ったほうが正しかったかもしれない。のべつまくなしに酒を飲んで、チェロでユモレスクの中盤だけを繰り返し弾きつづけ、チェロを抱いたまま短くて浅い眠りをほんのときおり挟んだ。不眠が酷くて、まとめて眠れることはなかった。

睡眠だけではなく、人間の三大欲求を根こそぎ喪った状態だった。

酒で栄養補給をしていなければ命を落としていたに違いない。

昨日と今日と明日の境目もなくなったなかで、過去だけを凝視していた。

髪は邪魔になると鏡も見ずに適当に切り、自分を痛めつけるために水風呂に浸かることはあってもまともに身体を洗うことはなかった。

そんな弦宇の姿を目の当たりにして、園井はひどくショックを受けた様子だったが、それから頻繁にこの家に来るようになった。常に鍵はかけていなかったから、弦宇がチャイムを無視しても上がりこみ、掃除洗濯料理のみならず、弦宇を風呂に入れることまでした。

彼は弦宇がどうしてそんな状態に陥っているのかを訊こうとはしなかった。もし訊いたら、その場で弦宇は園井を叩き出して、二度と家に上げなかっただろう。

園井を鬱陶しく感じるだけの体力が戻ったころ、彼から映画出演の話をもちかけられた。渡された脚本は、自滅していく男の詩的な短編作品だった。

映画など出る気はなかったが、村主監督まで家に押しかけてきて、結果的に出演することになった。エネルギー過多な村主に抗うだけの力は、さすがに戻っていなかったのだ。

撮影現場では演技を求められることはなく、弦宇は素のままでそこにいた。自分をよく見せたいとも悪く見せたいとも思わなかった。

そんな作品のなにがよかったのかわからないが、いくつかの小さな映画祭で賞を獲った。

弦宇は相変わらず過去ばかり凝視しつづけていたが、それでも酒の量は減り、最低限の家のことをするようになった。そうしないと、園井が来て、鬱陶しいからだ。

なんとか生活らしいものを送れるようになってからは、園井は仕事関係以外でここを訪れることはなくなった。とはいえ、事務所に所属していない弦宇の確定申告などの手配までしてくれ、俳優の仕事に関しては弦宇のマネージャーに等しい働きをしていたので、数ヶ月に一度は顔を合わせていたのだが。

それでも本当に最低限の訪問回数になり、弦宇にいっさいの恩を着せることはなかった。

思えば、ライブに観客として来ていたときも、園井は個別の接触を弦宇に求めたりはしなかった。それが彼にとっての、弦宇に対する望ましいスタンスなのだろう。

二本目の映画は去年、撮った。

東京で破綻(はたん)した男が地方に流れついて、労働災害率がもっとも高い林業に携(たずさ)わり、その危険な仕事のなかで生きるということと死ぬということを見詰める話だ。生を善、死を悪とした話ではなかった。

それは「空気がまずくて吐き気がする」という弦宇のひと言から園井が作り上げた脚本だったが、やはり撮影中も弦宇は弦宇のままでいられた。

そして今回、三本目となる作品は、今年の冬に弦宇のほうから園井に話をもちかけた。

『殺したい奴(ヤツ)がいるんだ』

その告白を園井は否定も非難もせず、相手を殺せる脚本を書いてくれた。そして、脚本を弦宇に渡すときに言ったのだった。

『もし撮影中に事故が起きても、不起訴(ふきそ)か執行猶予(ゆうよ)にできるはずです』

園井は怖くて、信頼できる男だ。

過去のことをなぞりながら表紙がよれた台本に視線を落としていると、チャイムが鳴った。

そういえば今朝、槐が荷物が届くと言っていたから、それかもしれない。

玄関を開けるとしかし、そこにいたのは宅配業者ではなく、園井皐月だった。

「突然、お伺(うかが)いしてすみません」

気弱げな笑みを浮かべながら園井が頭を下げる。

「役積みがうまくいってるか様子を見てこいって、監督が」

「さっき、お前のことを考えてた」

事実をそのまま口にすると、園井が目を丸くして文字どおり飛び上がった。

「えっ、本当ですかっ⁉」

上擦った声と紅くなる顔が、やはり鬱陶しい。

「上がれ」

ぞんざいに言って先に居間にはいる。

続いてはいってきた園井が部屋に視線を巡らせる。

「ずいぶんと片付いてますね」

「ここであいつを口説く必要があるからな。殺すために」

「……そうでしたね」

同居しているからその気になればいつでも槐を手にかけられるものの、それではどうやっても刑務所にはいることになる。犯罪者になるのはかまわないが、刑務所ではチェロを弾きつづけられない。それでは意味がないのだ。

槐という雑音を消して、また朝から晩まであの旋律を弾きつづける生活を手に入れるのが目的なのだ。深夜の公園でオッドアイと視線が繋がってからというもの、取り憑(つ)かれたように、目的と手段について考えつづけている。

茶を出してやると、園井が感動した顔をした。

「ここに来て、初めてもてなしてもらいました」

両手で恭(うやうや)しく碗(わん)をもって口に運ぶ園井に、弦宇は牽制(けんせい)をこめて言う。

「言っとくが、俺は二度とチェリストには戻らないからな」

「……それは考えていません」

「なら、なんで俺に構いつづけて、ヤバい頼みまで引き受けてるんだ？」

園井が碗を静かに卓上に置き、大切そうに両手で包む。

「僕はあなたに救われたからです」

「救った覚えはない」

「それでも救ったんですよ。二十一歳の僕を」

園井が二十一歳ということは自分が十九歳のころのことだ。

「全国ツアーをやったころか」

「そのツアーの前、ゴールデンウィークに吉祥寺の公園で野外ライブをしてましたよね」

「やったような気もする」

「そこで初めて、貞野さんの演奏を聴いたんです」

泣くのを堪えるような吐息を漏らして、園井が続ける。

「僕は十九歳のときに書いた脚本で村主監督に拾われて、それがビギナーズラックでちょっとした脚本賞を獲ったりしたんですよ。でも、それからすぐにスランプになって、監督が求めるようなのを全然書けなくなりました。ノイローゼになって大学も行けなくなって、音楽を聴くのが好きだったのに、なにを聴いても頭が痛くなって。……ピアノやヴァイオリンの音もダメだったんです」

ピアノやヴァイオリンは旋律担当で、音がはっきりと出やすい。

「そんなとき、近所の井の頭公園をうろついてたら、音楽が聞こえてきたんです。頭が痛くならなくて、なにか話しかけられてるみたいな感じがして」

チェロは音が出にくく、人の声帯に近い音質をもつ楽器だとも言われる。

「野外ステージで、貞野さんが演奏してました。聴いてるうちに身体からどんどん力が抜けて、最後はしゃがみこんで泣きました」

「それで、全国ツアーにくっついて回ってたわけか」

「え……、知ってたんですか?」

園井が耳まで紅くしてから、居住まいを正した。

「寝ても覚めても脚本のことが頭を離れなかったのに、貞野さんはそれを押し流してくれました。それでまた書けるようになって、カンヌまで獲れた。だから僕は、恩返しをしたいだけなんです」

熱を籠めて語る園井に、弦宇はぼそりと言う。

「カンヌを獲れたのは、ただの実力だろう」

「実力を出して、それを認めてもらえるのは難しいことなんです。……子供のころからコンクールで賞を獲りまくってた貞野さんには、わからないかもしれませんけど」

音楽一家で、物心つくころから弓を握らされていた。好きも嫌いもなくただ弾かされて、正直にいえば、苦痛だった。

できれば弾くのを辞めたいとまで思ったが、「カレ」がいたから続けたのだ。

「いろんな演奏家のチェロを聴いてみましたが、あんなに優しい音を出すのは、やっぱり貞野さんだけでした」

「……俺のチェロは、優しい奴に向けて弾いてたからな」

思い出した。

井の頭公園にある野外ステージでチェロを演奏したとき、「カレ」が聴きに来てくれていたのだ。

全体的に色素が淡いその姿は日曜の日差しに溶けかけていて、まるで天使のようで——過去に意識を飛ばされて微笑みかけたとき、またチャイムが鳴った。

玄関に出てみると、今度こそ本当に式見槐の荷物だった。

「これ、なんの荷物ですか？」

廊下を埋めるかたちで運びこまれたダンボール十二箱に、園井が目を丸くした。


「これは僕の気に入ってるキームン紅茶で、こっちはそれを淹(い)れる茶器」

そう言って、茶葉のはいった缶と薄焼きの白い茶器一式を出した槐が、今度は次から次へと瓶(びん)を取り出しはじめた。弦宇はその瓶を見比べて、指摘した。

「この七つの瓶、ぜんぶ蜂蜜(はちみつ)じゃないのか？」

「僕は甘党なんだよ。覚えておいて」

「……なんで俺がお前のことを覚えなきゃいけないんだ」

「役積みだよ。僕たちはなんでも知ってる親友同士の設定なんだから」

「ようやく台本に目を通したのか」

どんなふうに殺されるのかも、確かめたわけだ。

次の箱を開けて、廊下に今度は大小さまざまな絵画を並べながら槐が言う。

「アクションシーンの確認をしたかったからね」

「お前のところはアクション禁止だって、園井さんが言ってたが」

アクションシーンでは式見槐を事故死させることはできないと、わざわざ園井が教えてくれたのだ。

「だから、シーンを確認して、お気に入りのスタントの子に頼んだんだよ」

「どんな奴なんだ？」

胸のあたりに気持ち悪い痞えを覚えながら尋ねると、槐がなにかを抱き締めるように腕を輪にした。

「このぐらいだね。抱き心地がいいんだ」

式見槐が男女問わずの共演者喰いだという話も、園井から聞かされていた。

要するに、そのスタントマンも食い散らかしたうちのひとりなのだろう。苦いものが口のなかに溢れる。

「私情で人選したわけだ」

「私情だけど、彼のスタントマンとしての能力は高いよ。村主監督も即決したぐらいにね」

まるで自慢するかのような口ぶりの槐から視線を逸らして、弦宇は眉間に深い皺を刻む。

――こいつの親しい人間が現場にはいるのは厄介だな。

スタントマンということは、こちらの動きを見透かしたり、下手をしたら邪魔をしてくる可能性もあるのではないか。

7

八月一日、くだんの村主監督作品がクランクインした。

映画の内容は、マカベとムラノという親友ふたりの愛憎劇だ。マカベ役が槐、ムラノ役が弦宇だ。

ふたりは三回、過去へと時間を巻き戻し、その度に殺されたり事故死したりして、最後にはキスをする。

村主監督によれば「ふたりは時間の箱に引きこもってる。そこから出してやる話だ」という。先週、衣装合わせで監督に会ったときも「演技はすんな。絶対にすんじゃねぇぞ」としつこく言われたが、しかし演技をしないでリアルな感情の積み重ねで弦宇とキスをするのは、とうてい無理な話だった。

五月から弦宇の家で寝泊まりしてきたものの、いまだに彼を解析できていない。こんなことは槐にとって初めてだった。むしろ、あの冬の夜にチェロを弾いている弦宇と接したときのほうが、核心部分が鮮明に見えていた気さえする。

朝を一緒に迎えれば、かならず首を絞められる。そして槐はせめて性的な意味で支配してやろうと煽るのだが、相変わらず、弦宇の身体はまったく反応しない。

もし弦字が本気で殺すつもりがあるのならば、刃物を持ち出したり、食事に毒を入れたりも可能なわけだが、それはしない。

槐のほうも全力で性的な反応を引き出してやろうとしているかといえば、そうでもない。

では、互いに真剣ではないのかといえば、決してそんなことはない。

野生動物が互いに相手の様子を窺いながら、命がけで間合いを図っているのに似ていた。


映像物は効率を考えて、同じ場所でのシーンをまとめて撮影したりするものだが、村主はその方式は取らなかった。できる限り、時間軸の順番で撮影を進めることで、役者や空気に積み重ねられていく厚みを出すのだという。

だから初日の撮影シーンは、冒頭のシーン——廃墟で首を絞められてマカベが死ぬ——ではなかった。

「よろしくお願いします」

教室にはいると、槐はエンブレムつきブレザーの衿を引っ張りながら監督に言った。

「高校生のシーンは若い子にやってもらったほうがよかったんじゃないですか?」

すると村主が眉間に凶悪な皺を寄せた。まるで極道者の顔つきだ。

「撮影は過去から順に本人たちがやる。そうしねぇと、リアルな積み重ねにならねぇだろ」

「……まあ、僕は高校生でもいけますけどね？」

そう肩を竦めてみせながら、教室の端に固まってキラキラした目でこちらを見ている「同級生」たちにヒラヒラと手を振る。すると女の子たちが悲鳴みたいな声をあげて、両手を振り返しながら飛び上がった——が、その数秒後、彼女たちはいっせいに顔を強張らせて、身を寄せ合った。

戸口のほうを見ると、案の定、弦宇が立っていた。

槐は監督に再確認する。

「あれで本当にいいんですか？」

村主が苦い顔で頷く。

「映像技術を舐めんなよ。どうにかする」

槐は改めて、まじまじと弦宇を眺める。

特注品のブレザーの制服はサイズは合っているものの、どこからどう見ても高校生には見えない。髪はカットされているが、それでも目許がなかば隠れるほど長い。

「間違って人里に降りてきたツキノワグマですよ、あれ」

さすがに監督も、それについては否定しなかった。

マカベとムラノは高校二年のときに名前順で席が前うしろとなるが、無口強面で人に勘違いされやすいムラノをマカベは初めのうちは敬遠する。しかし家庭に問題をかかえるマカベが、ある雨の夜にひょんなことから一人暮らしのムラノの家に泊まることになり、そこから半同居状態になって、ふたりは親友となる――。

　高校生のころのパートはそのような流れだ。本編では回想シーンとして織りこまれることになる。

　撮影は順調……とはいかなかった。

「だーかーらー、演技すんなっつってんだろっ！」

　一挙手一投足（いっきょしゅいっとうそく）、ほんのわずかな表情だけでも、村主のその怒声が教室に響き渡った。

　脇役はいわゆる村主組と言われる俳優か、オーディションで抜擢（ばってき）された新人だ。エキストラにいたっては素人の現役高校生で固めてある。

　彼らにも「演技すんな」という村主の言葉が飛んだが、それをもっとも多く浴びせられたのは槐だった。まったくシーンが進まないまま丸三日が過ぎ、さすがに槐も精神的に追い詰められた。こんな気分は、小学生のころにオーディションを受けて、自分自身を気持ち悪いと認識したとき以来だった。

「おい」

　肩を揺さぶられて目を覚ます。

　置き行灯の光に下から照らされた弦宇の顔が目に飛びこんできた。

「魘（うな）されて、うるさい」

「……」

なにか言おうと口を開きかけたが、言葉が出てこない。

弦宇が自分に望んでいる言葉などないからだ。そして軽口を叩くだけの余力もない。

双方無言のまま、時間が過ぎていく。

ただ互いに覗きあっている眸に、強弱のある波のように感情が打ち寄せては引く。

あの冬の夜以来、槐は初めて弦宇に少しだけ触れているような気がした。

かなり長いことそうして、弦宇は自身の布団に戻った。しかし戻ってからも、肘枕をして相変わらずこちらを見詰めつづける。

……もしかすると、毎晩、こんなふうに自分のことを見ていたのかもしれない。そんなふうに感じられた。

弦宇が口を開いた。

「なんでお前は、好きなモノに囲まれていたがるんだ？」

唐突な質問だった。槐が大量にもちこんだ気に入りのものについて言っているのだろう。

槐は暗い天井へと視線を彷徨（さまよ）わせた。

「好きなものを選んでると、自分を感じる。それを所有して囲まれてると、自分のかたちが鋳（い）型（がた）に抜かれたみたいに、はっきりする」

これまでそんなことを考えたこともないのに、そう答えていた。

「自分の、かたち…か」

弦宇が呟く。

横目で隣の布団を見ると、彼もまた身体を仰向けにして天井を——あるいは天井ではないどこかへと、視線を向けていた。

「俺がなくしたのは——それなのかもな」

槐はふたたび天井の暗がりを見やる。

善悪の垣根すら曖昧なのが本来の自分だ。その世間で言うところの「人間らしさ」の欠如を、観察と演技で埋めてきた。

『いちいち演技をすんな！』

村主の怒声が耳の奥で甦る。

——「マカベ」になる必要はないのか。

少なくとも、脚本のなかにいるマカベを観察して演じることを求められていないのは確かだ。

——僕は、僕でいるしかない……。

それがどれだけ薄っぺらくても、ヒトデナシであっても。

その日、村主は顎髭を親指で擦りながら槐を見ていた。そして一度も、「演技をすんな」という言葉を、槐に投げることはなかった。

槐はただひたすらに、「ムラノ」を初めとする同級生や教師を観察し、それに反応することにだけ集中した。周りが演じない役者と素人であったため、純粋に彼らを観察することができた。

撮影終わりに、監督が言ってきた。

「人誑しが、そのまま撮れた」

「シナリオのセリフが飛びまくりましたけど。園井さんが泣きますね」

「あいつはもっと大きい部分を作ってるからそれでいい。まあ、慣れてるしな」

村主が機嫌よくガハハと笑う。

彼はもう長いこと、園井とだけ組んで映画を撮っているが、ほかの脚本家では裸足で逃げ出すからなのかもしれない。

そこからの撮影はスムーズに進んだものの、槐の心理的な負荷はかなりのものだった。かつて嫌悪したヒトデナシの自分とふたたび向き合い、しかもそれをそのまま映像に刻みつけられているのだ。

ランクルの助手席に乗って、弦宇の家に帰ると、まずはトイレに籠って吐いた。

弦宇は心配する言葉をかけたりはしなかったが、雑炊を作ってくれた。

その雑炊を口にしながら、槐は苦い顔で訊いた。

「僕が苦しんでるのを見られて、気分がいいかい？」

「勘違いするな。俺は別にお前を苦しめたいなんて思ってない」

「そう…」

「ただ、消え去ってほしいだけだ」

――ああ、そうか。

弦宇の言動と内面は、一致していてブレがない。

それが心地よくて思わず微笑すると、弦宇が眉間に皺を寄せて睨んできた。

「消え去れと言われて、嬉しいのか？」

「いや、君はウソがないね」

「俺はいまこの世にいる誰からも、どう思われてもいいからだ」

そう呟いて、弦宇はもう無言でどんぶりの雑炊を食べきり、自分のぶんの食器だけ重ねて摑んで居間を出て行った。

「いまこの世にいる誰からも、ね」

槐は反芻し、推察する。

彼の宝箱には、誰かがはいっていた――いや、いまもその人は宝箱にはいったままなのだ。

しかし、その相手はもうこの世にいない。

おそらく、かつて弦宇が暮らしをともにしていた相手と同一人物だろう。

その相手にはよく思われたくて、たくさんの嘘をついていたのだ。そうでなければ、あの会話の流れで、あの返しにはならない。

弦宇はいったい、その人にどう思われたがって、どんなふうに嘘を重ねたのだろうか？

考えるでもなく、呟く。

「弦宇はどんなふうに愛するのかな……」

彼が人を愛する姿を、観察してみたいという欲が滾々(こんこん)と湧き上がってきていた。

8

撮影にはいって十日目、大学のシーンまでの撮影が終わった。

マカベとムラノは同じ大学の経済学部に進学し、マカベはムラノの家――祖父が遺した古い一軒家だ――に住みつづけている。

本来のシナリオには親友らしい会話があったのだが、「演技をするな」という監督の方針の結果、ムラノはぶっきらぼうでなにを考えているのかわからず、クラスの人気者のマカベはそんなムラノのちょっとした言動に反応して絡む、という関係になっていた。

設定から外れて破綻しないのかと槐は危ぶんでいたが、村主監督の機嫌はすこぶるいい。ふたりの家での食事シーンをモニターで確認しながら「痺れるなぁ」と呟いた。

いつものように弦宇のランクルの助手席に乗りこんで帰路につくと、川沿いの道にはいってから、弦宇が急ブレーキをかけた。

前方を見れば、家の周辺に見るからにマスコミ関係者らしい者たちが群がっていた。

「あー、バレちゃったんだ」

槐と弦宇が役積みで同居していることは前にネットでニュースになっていたが、家の場所までは特定されていなかった。

運転席へと指示を出す。

「次の角を右にはいって、三茶のほうに行って。明日も入りが早いし、今晩は僕の三茶の家のほうにしよう」

弦宇は一瞬、なにか言いたげにこちらに視線を投げてきたが、結局なにも言わずに、槐に従った。

三軒茶屋のタワーマンションのペントハウスへと弦宇を招き入れる。

「ここがお前の家なのか」

「いくつかあるうちのひとつだね」

都内でも最上級の物件であり、大きな窓や広いルーフバルコニーから溢れんばかりの夜景を眺めることができる。吹き抜けになっている四十畳ほどのリビングダイニングにアイランドキッチン、ほかにバーカウンターやビリヤード台などを備えた部屋があり、螺旋階段を上がった二階にはベッドルームとウォークインクローゼット、書斎がある。バストイレは一階にも二階にもついている。

ソファやカーテンなどのファブリックは青ベースで、家具はガラスとアイアンを組み合わせたものが多い。フェイクグリーンをふんだんに置いているため、植物園の温室のようでもある。

ここに連れこめばたいていの相手は落ちる。

とはいえ、事故物件でいいという頓着のない男にはあまり効き目がないかもしれない……そう思ったのだが、意外にも弦宇はまっすぐ窓へと向かい、そこからルーフバルコニーへと出た。ランクルの後部座席から運び出したチェロのハードケースを背負ったままだ。

槐もバルコニーへと出て、弦宇の隣に立ってフェンスに手をかけた。

「気に入った?」

「ここなら転落しても不自然じゃないな」

「……そういうつもりで連れてきたわけじゃないんだけど?」

苦笑しながら身体を返し、フェンスに背を預けるかたちで弦宇のほうにするりと視線を流すと、とたんに喉を大きな手でがっしりと摑まれた。

「うちの場所をマスコミにバラしたのは、お前だな」

「どうだろうね?」

小首を傾げてとぼけると、喉への圧迫感が増す。

「お前のフィールドだからって、なにも有利にはならないぞ。俺はお前に落ちない。お前のために曲を弾くことは絶対にない」

その言葉に、槐は男が背負っているチェロケースへと視線を向けた。

弦宇にとってチェロは、もうこの世にいない愛する相手と繋がるためのツールなのだろう。

なぜか喉ではなく、胸のあたりを圧迫されているかのような重たい苦しさが生じた。

「先にマスコミにバラして僕を嵌めたのは、そっちだよね。おあいこだ」

苦しさを振り払うように軽い口調で言いながら、槐は首から男の手を剝がそうとした。
けれどもさらに手指に力をこめて、弦宇が顔を寄せてきた。
ほんの間近から眸を覗きこまれる。
強い風に弦宇の髪が掻き乱されて、藍色がかった眸が露わになる。
唇に荒い吐息がかかる。
首に感じている弦宇の手指が、ひどく熱い。
「────」
……心臓が、強く痺れた。
とっさに瞬きをしてしまい、視線を揺らして逸らすと、首から圧迫感が消えた。
「そういう演技を、いつもしてるのか」
蔑むように言って、弦宇は屋内へと戻っていった。
胸の重たい苦しさと痺れが、吹きっ晒しのルーフバルコニーに取り残された。

二階のバスルームを使って白いガウン一枚を纏って寝室にはいると、黒いガウン姿の弦宇が窓辺のチェアに座って夜景を眺めていた。
「寝てればよかったのに」

そう声をかけると、窓ガラス越しに不機嫌そうな視線が返ってきた。

「そのベッドしかないのか？」

「キングサイズだから問題ないよ」

広いベッドに上がって夏用の薄手の毛布の下に身体を滑りこませ、槐は横のシーツをポンポンと叩いた。

「おいで」

わずかに声が掠れたような気がする。

しかし、いつまでたっても弦宇は腰を上げようとしない。

仕方ないから、ナイトテーブルのリモコンで、ダウンライトを消してやる。薄い足元灯と窓いっぱいの夜景の灯り、それと半分の月が、光源となって薄っすらと部屋を照らす。

しばらくすると、弦宇の影が立ち上がった。

ベッドへと近づいてくる。

マットレスが重くて大きな肉体を受け止めるのが、なまなましく感じられる。

並べられた和布団とひとつのベッドでは、距離感は大差なくてもまったく感覚が違う……それを、弦宇も感じているだろうか？

「……」

隣で弦宇が肘枕をした。

暗がりのなか、視線が合う。

また、胸のあたりが痺れた。ジワジワと、いつまでも続いていく。

槐はかすかに眉根を寄せて、目を閉じた。

そうしてかなり時間がたったころに薄目を開け——そのまま目を見開いた。

さっきの姿勢のまま、弦宇はいまも槐の顔を凝視しているのだった。

「いつも、そうやって見てるの？」

毛布の下で、痺れている手指を開いたり閉じたりしながら揶揄(やゆ)するように尋ねると、「そうだ」という答えが返ってきた。

「ずっとお前を見てる」

痺れが増して感覚が曖昧になり、自分の手がいま閉じているのか開いているのかすら、よくわからなくなる。胸のあたりに疼痛(とうつう)がある。

いったい、自分の身体になにが起こっているのか？

眉間の皺を深くして、ふたたび目を閉じる。

——……くそ。

瞼の裏に、弦宇の眸が浮かんでくる。

撮影にはいってからは昼も夜もずっと弦宇を観察しつづけている。わずかな感情の動きも見逃さないように彼の眸を見詰めているせいで、網膜(もうまく)に焼きついてしまったのか。目を閉じるとかならず、藍色がかった双眸が浮かび上がるのだ。

これほど観察しがいのある男は初めてだ。

彼の狂気の出どころを、そこから生じる破綻をこちらに向けてくる感情の動きを、いったい彼がどのように人を愛するのかを、懸命に探りつづけている。

――……マカベも、そうなのか。

マカベは摑みどころのないぶっきらぼうな同居人を、学校でも帰宅後の家でも、見詰めつづけてきたのだ。

役柄と自分が溶けかけているのを感じながら、槐は弦宇に背を向けるかたちで寝返りを打つ。

それでも背中に、見詰められる圧をずっと感じていた。


「アクションを担当する津向です。よろしくお願いします」

今日から現場入りした津向要斗が、頭を下げて挨拶をする。

村主が車のボンネットを叩きながら言う。

「リアルな感じでな。ちょっとぐらい轢いてもかまわんから」

それを園井が横から慌てて訂正する。

「津向さん、あくまで怪我のないように加減してください。特に式見さんは少しでも怪我をさせようものなら、あのマネージャーが切れますから」

そう言いながら、少し離れた路肩で眼鏡を光らせている瀬戸をこっそり指差す。

要斗が深く頷く。

「大丈夫です。カーアクションもしっかり訓練していますから」

今日の要斗の仕事は、槐の代わりではなく、車の運転となる。そのシーン自体は十九時からの撮影だが、要斗は朝から現場に来た。雰囲気を把握しておくことも、スタントをするうえで重要であるらしい。

村主監督と軽く打ち合わせをしてから、要斗が駆け寄ってきた。

「槐さん、おはよう」

「おはよう。今朝も可愛いね」

ハグしようとすると、するりとかわされた。

「冷たいな」

「槐さんがうちに来たあと、大変だったんで」

要斗がちょっと頬を紅らめながら小声で言ってきた。

あの時は、玄関先で抱き締めたところを總一郎に邪魔されたのだった。

槐はからかう笑みを浮かべて、耳元で尋ねる。

「ふーん。お兄さんに虐(いじ)められちゃったんだ？　もしかして、僕のお土産で？」

真っ赤になった要斗の耳を指先でなぞると、真後ろから獣の唸り声のようなものが聞こえてきた。要斗がパッと身体を離して、頭を下げる。

「貞野(さだの)さん、今日はよろしくお願いします」

槐は振り返り——目を瞠(みは)った。

今日の撮影シーンはムラノの結婚式で、それに招待されたマカベはブラックスーツにシルバーのネクタイという服装だ。

そして新郎であるムラノ——弦宇は、グレーのフロックコートにアスコットタイを締めていた。髪はオールバックに流され、骨格のしっかりした顔を晒している。

知らず、槐は食い入るように弦宇を見詰めてしまっていた。

確かに弦宇であるが、それはまた知らない一面を露呈(ろてい)した姿でもあった。

音楽家特有の背筋の美しさ、子供のころから演奏会のたびに正装してきたのが窺われる上質な衣装の着こなしぶり、半眼でこちらを見下ろす顔に漂う色香。

……誰かにこのように圧倒されたのは、生まれて初めてだった。

膝裏から腰のあたりまでは激しくざわめいて、昨夜と同じように、視線を大きく横に滑らせてしまう。

そして、それは撮影にはいってからも、同じだった。弦宇と目が合うと、まるで磁石の同極同士を近づけたかのように視線が逸れてしまう。

チャペルでの結婚式のシーンを撮り終えてから、披露宴シーンを撮影した。披露宴では高校からの親友として、友人代表スピーチをした。その時も槐は笑顔を強張らせ、眸をゆらゆらとさせつづけた。新婦にも笑みを向けつつ、喉のあたりが苦しくなって、言葉に何度も詰まった。明らかに不自然な反応だったが、村主監督はスピーチシーンに一発撮りでＯＫを出した。

披露宴のシーンを撮り終えるころには、頭のなかが朦朧とするほどの強い疲労感が押し寄せてきていた。

ふらつくと、撮影を見学していた要斗が駆け寄ってきて肘を支えてくれた。

「顔色、悪いけど？」

「……けっこう、きつい」

そう呟きながら凭れかかると、しっかりした体幹で要斗が支えてくれる。

花嫁役の女優が弦宇に熱心に話しかけているのを目にしたら、吐き気までしてきた。

村主監督はしかし、一ミリも槐を気遣うことなく声を張った。

「このまますぐに次のシーンにはいるぞ！」

次は、披露宴会場の前の道路でのロケだ。

外に出ると、すでに日が暮れていた。

披露宴会場のホテル前の道路で、具合の悪くなったマカベが車道にふらつきながら出てしまい、乗用車に轢かれそうになったところをムラノに助けられるというシーンだ。ムラノはそれによって負傷し、右手と左足に重い後遺症が残ることになる。

撮影スタッフの準備も整い、村主が声を上げる。

「じゃあ、いくぞ！　サン、ニィ、イチ……」

まるで指揮者が演奏を始めるときのように、村主が右手を高く挙げる。それが撮影スタートの合図だ。

ホテル前には披露宴のゲストたちが華やかな装いで、いくつもの花束のように佇み、二次会会場へ移動しようとしている。

マカベ——槐は蒼い顔で口許を押さえ、そのあいだを覚束ない足取りで進んでいく。本当にいまにも吐きそうだった。

そして、そのまま車道へと踏み出す。

クラクションの音が鳴り響き、そちらへとのろりと視線を向ける。要斗が運転する乗用車がかなりのスピードでこちらに向かってくる。

演技ではなく、ただ動けなかった。いっそ轢かれれば楽になるという思いが、足の裏を道路に縫い留めている。

これはいったい、誰の「想い」なのだろう？

ぼんやりと考えているうちに、ヘッドライトがどんどん近づいてくる。

轢かれる――その一瞬前に、逞しい腕に抱きこまれて、視界が飛んだ。大きな男に包みこまれたまま、ゴロゴロとアスファルトを転がっていく。

回転が止まり、耳元でひどく苦しげな呻き声がする。

槐は目を上げ、弦宇の顔を見た。

閉じた瞼は引き攣れ、眉間には切りつけられたような皺が刻まれている。噛み締める唇に血が滲んでいく。

「お…い」

まさか、本当に轢かれたのだろうか？

槐は身を起こして、男のフロックコートの両肩を摑む。

「嘘だろ……」

披露宴のゲストたちの悲鳴が遠くに聞こえる。

世界がぐるぐる回っているような感覚に囚われ――。

「カーット！」

村主の声が響き渡る。

けれども、弦宇は脂汗を流して呻きつづけている。

一番に飛んできたのは瀬戸だった。

「式見さん、お怪我はありませんかっ？」

「僕はなんともないけど、弦宇の様子がおかしい」

車の運転席から飛び降りた要斗が駆け寄ってきた。

「大丈夫ですか？　ほとんど当たってないはずなんですが……」

すると園井(そのい)がやって来て膝をつき、弦宇の頬を軽く叩いた。

「貞野さん――あなたは、貞野弦宇ですよ」

奇妙な呼びかけをされて、弦宇が目を開いた。そして、むくりと起き上がりながら言う。

「怪我はしてない」

そして園井の手を借りて立ち上がると、モニターチェックをしている村主監督のほうへと歩いて行った。しかしその後ろ姿は明らかに左足を引きずっている。

要斗が困惑した様子で心配する。

「やっぱり怪我を……」

「貞野さんはいつもああなので、気にしないでください」

そう言う園井に、要斗が食い下がる。

「怪我してないのに足を引きずってるってことですか？」

「なんというか、いまはムライと貞野さんが溶けてしまってる状態なんです。精神も肉体も」

「憑依型(ひょういがた)？」

槐が尋ねると、園井が首を傾げた。

「いわゆる憑依型とも違う気がします。そもそも貞野さんのは、演技ではありませんし」

事故シーンも一発でOKが出て、その日の撮影は終了となった。

いつものようにランクルの運転席に弦宇が、助手席に槐が乗りこんだのだが。

弦宇が自身の右手をじっと見詰めてから、呟いた。

「運転できない」

「え？」

見れば、右手の手指が半分閉じたようなかたちになっている。槐は手を伸ばして、その指に触れた。手指は硬くなり、拘縮（こうしゅく）を起こしていた。


翌朝になっても、弦宇の右手は強張ったままで、左足も不自由なままだった。

それでも槐が目覚めたときには左手で首を絞めてきたのだが、いつも以上に撥（は）ね退（の）けるのが楽だった。

朝食は左手でも食べやすいように、槐がトーストを焼き、たっぷり蜂蜜をかけてやった。過剰（かじょう）な甘さに弦宇は面白いぐらい顔をしかめた。

現場へのランクルの運転も、槐が代行した。

赤信号で止まり、横目で助手席の男を観察する。

弦宇はたった一日で、身体がひと回り小さくなったように感じられた。

——どこまでもおかしな奴…。

これまでいろんなタイプの役者を見てきたが、こういうパターンは初めてだった。

園井によれば、憑依型でもなく、演技でもないのだという。

見たことがないものを前にして、槐の観察欲は刺激された。瞬きするのも惜しいほどだ。

信号が青に変わり、渋々、弦宇から視線を剝がす。

今日の撮影は、すべてスタジオ内のセットだった。

ムラノは手と足に障碍(しょうがい)を負ったことにより、営業マンとしての職を追われて、追い出し部屋へと入れられる。そんななか妻はムラノをないがしろにして夫婦の関係も悪化していき、ムラノはどこにも居場所がなくなって精神的にも追いこまれていく。

その日は槐の出番はなく、パイプ椅子に座って撮影を眺めていたのだが、いつの間にか前傾姿勢になっていた。

弦宇から目が離せない。

そこには苦悩する貞野弦宇がいた。いまやムラノの設定など表層的なものにすぎず、うつろな目つき、力を失った背筋、不自由な手足を目にしているだけで、槐は胸に軋(きし)みを覚えた。

あの手足の不自由さも苦悩も、役のうえとはいえ「自分」が与えたものなのだ。

——これは……罪悪感か？

初めての、胸を抉られるような感覚だった。

生まれながらに欠落していると思っていたものを自分のなかに見つけたことは衝撃であり、なにか自分の存在そのものが揺らぐような感覚だった。

——いや、それともこれはマカベの「罪悪感」なのか？

その惑乱は翌日になっても続いていた。

「ボーッとしてねぇで、とっとと支度してこい！」

村主監督のドスの利いた声で我に返り、槐はスタジオの控室に向かった。着替えをしてヘアメイクをされたのち、出演シーンのセットが組まれている部屋へとはいる。

すでに撮影スタッフたちも移動していた。

窓もないラブホテルの一室。「ムラノの妻」は安っぽい薄手のガウン一枚という姿で、ベッドに腰かけていた。

彼女に軽く頭を下げる槐もまた、同じ格好をしている。

マカベはムラノの妻を寝取るのだ。

特にセリフもなく、キスをして軽いベッドシーンをするだけだ。リハーサルをしてから、村主監督がまた指揮者のごとく右手を高く挙げる。

ベッドに並んで座って女優にキスをしようとしたときだった。

足を引きずる音が耳に飛びこんできて、槐は思わずそちらを見てしまった。

「カーット！　ほら、テイクツーいくぞっ」

スタジオの端に弦宇が立つ。

とたんに藍色がかった眸に間近に覗きこまれているかのような錯覚に陥った。その錯覚が消えないうちに、監督が右手を振り上げる。

女にキスをするとき頭にあったのは、この唇に弦宇が唇をつけたことがあるのだという思いだった。華奢な身体を押し倒したときも、なめらかな肌を撫でまわしていても、感じているのはただひとつ、弦宇の視線だけだった。

「カーット！」

撮り終わったばかりのシーンをモニターでチェックすると案の定、心ここにあらずの酷いベッドシーンだった。

「撮りなおしですね」

苦笑いしながら槐が言うと、しかし村主は「これでいく」と返してきた。

さすがに最低限のプロの仕事もできていない自覚があって槐は食い下がったが、村主は頑として撥ね退けた。

——……弦宇さえうまく撮れればいいってことか。

もともと、弦宇のための映画であり、弦宇のためのアテガキのシナリオなのだ。

W主演とは名ばかりで、自分は弦宇の引き立て役にすぎない。

演技を奪われて丸裸にされた無様な姿を晒させられ、しかもこれまで自分のなかになかったはずの感情まで引きずりだされて、掻きまわされている。

――この仕事を受けたのは、間違いだった。

自我に亀裂がはいりそうな感覚に寒気が止まらない。

その日も弦宇の車の運転を代行して、三軒茶屋のペントハウスに帰宅した。

心身ともにぐったりして、槐はソファに倒れこんだ。弦宇は手足が不自由でも使いやすいため、浴槽が埋めこみ型になっている一階のバスルームへと消えた。

しばらくして、大きな物音がして、槐はだるく身を起こした。バスルームでなにかあったようだ。

――いっそ、あいつが溺れ死んでくれれば……。

そうしたら、明日から撮影現場に行かずにすむ。

これまでの式見槐という自我を、維持することができる。

「……」

ソファから立ち上がり、重い足取りでバスルームへと向かった。

磨りガラスの折り戸を開ける。

バスルームの床に、大きな裸体が仰向けに転がっていた。左足で踏ん張れずに転倒して頭を打ったようだ。出血はしていないものの脳震盪(のうしんとう)でも起こしているのか、半分指が曲がったままの右手を頭部に当てて、苦悶(くもん)の表情を浮かべている。

槐は折り戸に肩を預けて腕組みをした。弦宇を見下ろし、観察する。

痛みで全身に力が籠(こも)っているせいで、筋肉が浮き立っている。過剰な運動で鍛(きた)えた肉体ではなく、音楽家として培(つちか)ってきた優(すぐ)れた骨格を支えるように、筋肉と腱(けん)が身体じゅうに張り巡らされている。

腕も脚も長くて逞しく、手と足は大きい。肩は広がりきり、胸部には厚みがある。みぞおちから割れた下腹にかけては意外なほどグッと締まりがあり、腰骨から下腹部へと流れる腸腰筋(ちょうようきん)がくっきりとした溝を作っている。

その腸腰筋を下りた先には豊かな叢(くさむら)があり、そこからたっぷりとした陰茎が垂れている。

顔もこうして改めて眺めると、骨格からして整っているのがよくわかる。

……貞野弦宇は、男としての圧倒的な優位性をそなえている。

しかしツキノワグマの毛皮を被って、普段はそれを隠しているのだ。

もう、この世に大切なものがなにもない世捨て人として。

「それなら僕は、なんなんだ?」

世捨て人のはずの男に死んでほしいと願われ、いいように引きずりまわされている。

腹の底がやたらと熱い。

槐は眉根を寄せて自身の性器に手をやる。それは驚くほど硬くなっていた。

「――」

目を眇めると、槐は折り戸から肩を離した。

そうして仰向けになっている男を跨ぐかたちで立つと、パンツのベルトを外し、前を開いた。

タイトな下着を引き下げると、表面を痛いほど張り詰めさせた茎が弾み出る。

腰を落として、男の二の腕を膝で押さえこむ。

弦宇がつらそうに薄目を開ける。

その半開きの肉厚な唇に、槐はみずからの性器の先をくっつけた。溢れる先走りで唇を湿してやりながら、弦宇のしっかりした鼻を指でつまんだ。

まだ脳震盪の余韻で動けないらしい弦宇は抗うこともままならず、呼吸をしようと口を開く。

そこに、紅い亀頭をつるんと挿れた。

「ん…ぐ」

弦宇が朦朧としながらも呻き、舌で侵入物を押し出そうとする。

「あぁ、きもちいいよ」

甘い声で教えながら、槐は抗いを愉しむ。

相手が相手だから嚙み千切られかねない。ボディソープのヘッド部分を回し抜いて、それを弦宇の奥歯のあいだに入れてつっかえ棒代わりにする。

そうして安心して、喉奥へとペニスを押しこむ。

「ぅ…うう」

わざとえずかせてやれば、粘膜が激しく波打ち、締めつけてくる。暴れる舌が、裏筋を叩く。その刺激で大量の先走りが口腔へと流れこむ。溜まっていく体液に耐えかねて、弦宇の喉が蠢いた。

少し腰を引いて、今度は舌へと先走りを塗りつける。

「殺したい男の味はどう?」

ゾクゾクしながら尋ねると、藍色がかった眸が睨めつけてきた。いますぐ殺したくてたまらないという目つきだ。

自分のものを咥えている男の唇の輪を、指先でなぞりながら囁く。

「明日には、僕を殺せるよ」

すると、弦宇の蒼褪めていた頬に血の気が散った。目許が紅くなっていく。

まるで発情している雄の顔だ。

それを眺めながら、槐は腰を淫らにくねらせて男の口を犯していく。卑猥な濡れ音が、浴室に反響する。

こぷりと、弦宇の口の端から透明な液が溢れた。

槐の先走りだけではない。弦宇もまた大量の唾液を分泌していた。それらがぐちゅぐちゅと口内で混ぜられては、また溢れる。

「は、ぁ…ぁぁ、ん——あ?」

喘いでいた槐は、思わず声を跳ね上げた。

弦宇の舌が急に荒々しく動きだしたのだ。強い舌で硬い茎を舐めまわされ、吸いこむように啜られる。

「ぁ…ふ」

不慣れなフェラチオではあるけれども、強い感情を叩きつけるかのように激しく、執拗だ。

まるで電流でも通されているかのように性器が痺れていた。

弦宇が大きく口を開くと、奥歯のあいだに挟んであったボトルのヘッドが外れて、床に転がった。

自由になった口に、ペニスを乱暴にしゃぶられる。それだけでは足りないといわんばかりに、弦宇がみずから頭を振る。後頭部が床に激しくぶつかる音が繰り返しあがる。

まるで自身の脳を破壊しようとするかのような狂気じみた行為に鳥肌をたてながら、槐はきつく眇めた目で男を見下ろした。

こちらを睨みつづけている男の眼差しには、殺意が剝き出しになっている。

——この男が……。

眉をしならせながら、槐は強い欲求に駆られる。

――この男が、心から人を愛する姿を見たい。

「ぁあ……」

腫れきってヒクついている先端を、喉できつく潰される。

槐は男の頭を両手で摑むと、力ずくで腰を引いた。厚い唇をめくりながら亀頭を抜いたのとほぼ同時に、ペニスが爆ぜる。

弦宇の左頰から唇、顎にかけて、白い粘液が飛び散っていく。

「は…ぁ…、はぁ」

槐は荒く息をつきながら自身の茎を握ると、開いたままになっている男の口へと亀頭をふたたび挿れた。残りの種を流しこんでやる。

精液の味と感触に、弦宇が顔を歪めた。

9

未明の廃工場へと、槐は車を走らせる。

現地ではすでにスタッフが機材の運びこみを終えていた。槐と弦宇が到着して少ししてから、瀬戸が廃工場に駆けこんできた。眼鏡の下の眸には強い苛立ちが滲んでいる。

「運転はしないようにと言ったはずです。どうしていつも私が行くまで待てないんですかっ」

このところ槐は目に見えて疲弊していて、弦宇のほうもまた右手左足が不自由な状態が固定してしまっているため、瀬戸はどちらにも運転はさせられないと判断し、自身が送迎の運転をすると申し出ていたのだった。

槐は肩を竦めて答える。

「でも、あの車は運転席と助手席しか使えないからね」

「あのランドクルーザーなら五人乗りでしょう?」

「後部座席は使えないんだよ」

弦宇は車で外出するときはかならずチェロを後部座席に載せる。だから前列二席後列三席でも、実質ふたりまでしか乗れないのだ。

「よくわかりませんが、それなら私の車におふたりを乗せます」

「それも無理だろうね。弦宇が他人の車にあれを載せるとは思えない」

昨夜などは寝るときに、ふたりのあいだにあの棺桶のようなチェロケースを横たえて、弦宇はそれを抱き締めていた。

しかし瀬戸も引き下がらない。

「貞野さんに私からお話ししてきます」

そう言うと、廃工場一階のベルトコンベヤーに座っている弦宇のところへと、瀬戸がつかつかと歩いていった。

瀬戸が十喋って弦宇が一返すという会話ののちに、瀬戸がげんなりした顔で戻ってきた。

「なんなんですか、貞野さんは。まったく話になりません。会話にならない」

「そういう奴だからね」

半笑いで返すと、瀬戸が不服そうに言う。

「ずいぶんと貞野さんのことに詳しくなりましたね」

「それはまぁ同棲してるからね」

「……同居、ですよね？」

瀬戸の顔が面白いぐらい蒼褪める。

マネージャーとして私生活のほうもある程度は把握しているため、彼は槐がバイセクシャルであることも知っている。

「なんでそう思うの？」

ちょうどその時、廃工場に津向要斗がはいってきた。今日はスタントシーンがあるのだ。

瀬戸が要斗のほうに視線をやりながら答える。

「これまでの式見さんの好みと違いすぎます」

確かに、そのとおりだ。

——でも……。

槐の目はベルトコンベヤーに座る男へと吸い寄せられる。すると弦宇のほうが先にこちらを見ていた。遠く、視線が絡む。

腰に痺れが拡がり、全身の神経へと流れた。頭の後ろがジン…とする。

——きもちよかった。

昨日の晩、バスルームであの男の口を犯したのだ。

好みではないはずの男に、激しい欲望を掻き立てられた。

「ムラノの妻がホテルの窓から転落死、一緒に泊まっていたマカベは重要参考人として警察に追われる。そんななか、ムラノはこの廃工場の最上階にマカベを追い詰める」

シーンの説明をしながら、村主が窓へと目をやった。雨が降っている。もともと雨のシーンの予定で散水車もスタンバイしているが、今日は出番がなさそうだ。

階段のシーンを撮るカメラクレーンも準備が整い、撮影にはいる。

槐は雨のなかを走り、廃工場の錆びたシャッターの下から工場内に飛びこむ。そうして壁沿いにある鉄階段を途中まで上って、様子を窺う。七分袖の黒いサマーニットに黒いボトム姿の弦宇が這いずるようにしてシャッターをくぐり、廃工場にはいってくる。

階段にいる槐を見つけた弦宇が、憎悪に顔を歪める。

そのさまを目にした瞬間、槐の心臓は震えた。

——それでいい。僕のことだけ考えて、僕のことだけ見ればいい。

それはマカべの感情であり、同時に槐自身の感情だった。

左足をひどく引きずりながら——雨の日は特に痛むらしい——階段下まで来た弦宇が、階段の手摺を握り締め、唸り声で問う。

「どうして……どうして、だ?」

槐は小首を傾げて微笑する。

「どうしてだろうね?」

「どこまでふざける気だ。お前は、いつも、そうだ」

昨夜のバスルームでの行為のことを詰られている気がして、腰が甘く痺れる。

「僕は、ふざけてないよ?」

そう言いおいて、槐は階段を軽やかに駆け上っていく。

追いかけようとする弦宇が、ままならない自身の左足を力任せに殴る。そうして、両手も使って獣のように階段を上りだす。

その姿に目を細める槐の横顔を二階のカメラが収める。

四階に着くころには、弦宇は立っているのもつらそうなありさまだった。

抜けた天井から降りしきる雨。弦宇が四肢をついている床には、水溜まりができている。

血走った目が、上目遣いに槐を睨みつづける。

「僕はただ君の親友として、彼女の相談に乗ってあげただけだよ」

嘲笑を頬に滲ませて教えてやる。

「一回だけしてあげたら、僕のほうがいいって言いだして、しつこくってね」

「——そんな……そんなことで、殺したのか?」

「んー、殺したんだっけ? 事故か、それとも自殺だったかな? どれでも同じか」

喉で嗤うと、弦宇が四肢で跳ねて、襲いかかってきた。

「同じわけがないっ!」

左手が槐の顎の下にグッとはいる。

馴染んだ圧迫感に喉を包まれて、甘い溜め息が漏れた。

すぐ間近にある藍色を帯びた眸を覗きこむ。

「同じだよ。彼女を繋ぎ留められなかったのは、君だ」

囁く。

「僕に君を裏切らせたのも、君だ――すべての原因は、君なんだよ」

一瞬、弦宇の眸が揺れたかと思うと、それを打ち消すかのように手指の力が強まった。

「消え、ろ」

自身の人生を事故で潰えさせられたうえに、その事故の元凶である親友に裏切られて精神までズタズタにされて、「ムラノ」は自制心を失う。

「消えてくれっっ」

弦宇のなかからも、自制心が消える。

凄まじい……これまでの行為とは比べ物にならないほどの、凄まじい力で首を絞められていた。

目の裏がチカチカして、意識が遠退く。

監督の「カーット」の声より先に、瀬戸と要斗の「やめてください！」と叫ぶ声があがった。

ふたりが駆け寄ってきて、弦宇を槐から引き剝がす。

瀬戸が槐の肩を抱いたまま膝をつく。その腕のなかで噎せて、槐はなんとか呼吸を再開させる。

槐の首を検めた瀬戸が、憤りに身を震わせながら抗議する。

「首に跡がついてますっ。どういうつもりですか⁉」

要斗に腕を摑まれている弦宇はしかし、無言のまま肩で息をするばかりだ。

彼の代わりに園井が白々しい言い訳をする。

「少し役にはいりこみすぎたんでしょう」

——違う。本気……だった。

何度も首を絞められてきたからこそわかる。

——本気でヤりにきた。

いまのに比べれば、これまでの朝の行為は前戯も同然だった。

槐はまだ息を乱したまま園井を観察する。

そして、弦宇を見詰めるその目に、共犯者の光を見つける。

「そういうことか……」


マカベがムラノに殺されたところで時間はループにはいり、一週間前——ムラノの妻がホテルで転落死した夜に戻る。

この脚本の設定では、マカベもムラノも記憶を保持したままとなる。

だからマカベはムラノに殺され、ムラノはマカベを殺した延長で二周目にはいり、それぞれ思いを積み重ねていくことになる。

ムラノの妻が死亡した夜もマカベは廃工場に隠れていたため、マカベは殺された場所で一週間前に戻る。ムラノの姿はない。

ムラノに絞められた首に触れながらマカベは、満足げな微笑を浮かべ、呟く。

「また、殺してもらえる」

そして、記憶を保持しているムラノは、一時間足らずで廃工場へと駆けつける。

マカベは最上階で雨に打たれたまま、ムラノを迎える。するとムラノはマカベの項を掴んで、さらに階段を上って屋上へと出る。

そして、今度はマカベをそこから突き落とす。

そのシーンのとき、弦宇はスタントの要斗を待たずに、本当に槐を屋上から突き落とそうとした。もし要斗が反射的に助けにはいらなければ、落とされていたところだった。

瀬戸はふたたび監督に猛抗議したが、それを槐は「ただの撮影だよ」と宥めた。

「貞野さんとはもう現場以外で絶対に会わないでください」

瀬戸はまったく納得できない様子でそう言ってきたが、撮影終わりに駐車場に行くと、すでに弦宇のランクルは消えていた。なんでも園井の運転で帰ったのだという。

槐はおとなしく瀬戸の言うことを聞いているふりをして、彼の運転する車で新宿のほうのタワマンへと帰った。

そしてシャワーを浴びて少し時間を置き、周辺に瀬戸の車がないのを確認してから、地下駐車場に駐めてあるグラスブルーのアストンマーティンに乗りこんだ——槐は五台の車を所有しているが、それはすべて同じ色で同じ型だ。

『なんでお前は、好きなモノに囲まれていたがるんだ？』

暗い天井を並んで見上げた夜のことが、ふと思い出された。

その弦宇の問いかけに、自分は答えたのだ。

『好きなものを選んでると、自分を感じる。それを所有して囲まれてると、自分のかたちが鋳型に抜かれたみたいに、はっきりする』

五台の同じ車もまた、強固に自分のかたちを補強してくれているということか。

「気持ち悪いな」

自嘲しながら受け入れる。

多摩川(たまがわ)沿いにある事故物件へと車を走らせながら、考えていた。

どうして自分は、弦宇のところに行くのだろうか？

——あいつは、本気でヤバい。

観察して愉しむ範疇を、完全に逸脱(いつだつ)している。

本当に殺されかねないのだ。

それなのに、まるで引き戻されるように、弦宇のところへと向かうのをやめられない。

観察というのは俯瞰(ふかん)が必要なのに、その高い視点を保つことが、弦宇に対してはひどく難しい。こんなことはこれまで一度もなかった。

連日空けていたせいだろう。弦宇の家の周辺にはもうマスコミの姿はなく、案の定、荒れた庭にランクルが駐めてあった。

槐もまた庭に車を置くと、合鍵で玄関を開けた。

風呂を使っているらしい水音がかすかに聞こえてくる。

家に上がると、槐はある物を探した。居間にも応接室にもない。すでに二階の寝室に運んであるらしい。

軋む階段を上って寝室を覗く。

ふたつ並んで敷かれた布団の、向かって右側――槐が寝ていたほうの布団のうえに、それは横たえられていた。

黒い棺桶のようなチェロケースだ。

槐は布団を踏み、ケースの左横に膝をついた。

そのつややかな表面に、そっと指先を置く。

――これは、弦宇の「宝箱」だ。

深呼吸をして、留め金を外していく。

開けた瞬間、なかに人がはいっている錯覚に襲われかけて、槐は小刻みに瞬きをした。

表面に細かな傷が無数にあるものの、使いこまれて大切にされてきたのがわかる、深みのある飴色のチェロだった。

深夜の公園で弦宇が弾いていたものに違いない。

槐はしばしその美しい様子を観察してから、チェロの首の後ろに手を入れた。まるで人を抱き起こしているかのような感覚だ。だからなおさら、見た目に反した軽さに、ドキリとさせられた。四キロもないだろう。

膝に載せるかたちでかかえた楽器を、改めて見詰める。

これは、ただのチェロではない。弦宇の特別な誰かに繋がるものなのだ。

——特別な、愛する誰か。

弦宇はその誰かを、どんなふうに愛したのか。

「……」

いつものように俯瞰して想像力を働かせようとするが、やはりできなかった。

胸から腹にかけて鉛が詰まっているかのような感覚がある。それが重たくて、視点を高みへと飛ばせないのだ。

眉間に皺を刻んで、槐は弦に指先を引っかけた。

弾いてみるが音らしい音は出ない。もう一度、弾いてみる。

ふいに、階段を駆け上がってくる凄まじい足音が、振動をともなって伝わってきた。

寝室に弦宇が飛びこんできたかと思うと、槐を突き飛ばしてチェロを奪った。濡れそぼった逞しい全裸に、チェロは自然と溶けるように抱かれる。

胸まで詰まっていた鉛が喉元へとせり上がってくる。とたんにそれは煮える塊と化した。苦痛を覚えながら、槐はチェロケースの縁を撫でた。

「君はこのなかに、死んだ恋人を入れて、運んで歩いてるわけだ」

上目遣いに弦宇を見て、煽る。

「僕も死んで、このなかにはいってあげようか？　もしかして、恋人が死んだのも君のせいだったりして？」

弦宇が身震いした。全身の筋肉が憤りに膨らみ、男の肉体をさらに大きく威圧的に彩る。重低音の唸りが部屋の空気を震わせた。

わななく手で黒い棺桶へと腕のなかのものを寝かせたかと思うと、弦宇が飛びかかってきた。憤りのあまり彼のなかの「ムラノ」は飛び散ったらしく、手足の不自由さも消えていた。

仰向けに倒れた槐に弦宇が圧しかかり、首に手をかける。

撮影のときに覚えたのと同じ感情が湧き上がってきた。

——僕のことしか、見えてない。

いま弦宇を満たしているのは、式見槐に対する憤りだけだ。

槐は苦しく喘ぎながら微笑を浮かべ、充足感に舌なめずりをする。

すると弦宇が大きく瞬きをして、視線を下げた。槐もそこへと目を向け——瞠目する。

怒張した性器の先から、先走りが滴っていた。

これまでどれだけ性的に煽っても萎えたままだった弦宇のものが、限界に近いほど反り返っている。

首から弦宇の手が外れたかと思うと、槐の肩を摑んでうつ伏せにした。背中から潰すように体重をかけられる。

「お前が……悪いっ……俺の前に現れた、お前が悪い」

そう呻きながら、弦宇がパンツの臀部に張り詰めたペニスを押しつけてきた。同時に、白いカットソーの裾からぶ厚い手が滑りこむ。脇腹を両手でぐっと摑まれた。

着衣のまま全裸の男に乗られて、激しく性器を擦りつけられる。

「っ、ぐ…っ、ふ」

濁った声を漏らして腰を遣いながら、弦宇の手が脇腹から離れて背中を撫でまわす。なにかを探すように肩甲骨のあたりを執拗になぞってから、その手が脇の下へと這い、そこから前へと流れた。

胸を大きな手指にまさぐられて、槐は眉根をきつく寄せる。

——この……指……。

弦を細やかに押さえることに長けた左指が、乳首を捏ねては弾く。それと同時に右手は弓を扱うときのように、みぞおちから胸までをなめらかに撫でまわす。臀部に擦りつけられていたペニスが、脚の狭間へとはいりこむ。

「っ…ぁ、ぁ」

ビリビリする痺れが、触れられている場所から波紋を描いて拡がっていく。

暴漢を撥ね退ける体術を繰り出すだけの判断力も腕力も削ぎ落とされていくのを槐は感じ、覚えたことのない焦燥感に駆られはじめる。

「も…やめ、ろ」

男の下でなんとか身をよじると、弦宇の両手がカットソーのなかから抜かれた。

しかし安堵の息をつく間もなく、パンツのベルトを外された。下着ごと衣類を膝まで引きずり下ろされる。

ズンッ…と腿の狭間に、ガチガチになっている陰茎を通された。

会陰部を埋めるようにされて、そこから生じた激しい痺れに槐は身を撥ねさせる。

「ぁ――っ」

――逃げ…ないと。

痺れのせいで力のはいりきらない身体をのたくらせて、布団を這おうとする。しかし羽交い絞めにされて、ペニスをさらにきつく押しつけられた。

あまりにも大きくて硬くて……熱い。

弦宇の劣情の激しさを突きつけられて、槐の身体は自然とビクつく。

どうすれば弦宇の気を削げるかも、どう振る舞えば優位に立てるかも、考えられなくなっていた。

――まるで虫けらだ……。

高みから俯瞰できず、弦宇の荒らぐ呼吸や熱しか感じることができない。

弦宇が腰を遣いだす。

会陰部を擦られるたび、強烈な痺れに槐の臀部は引き攣る。密着した弦宇の身体にセックスそのままに揺さぶられる。羽交い絞めが解かれたかと思うと、尻を鷲摑みにされて狭間を強い指で割り拡げられた。

窄まりに先走りを溢れさせている亀頭を押しつけられる。

槐は背後に手を伸ばして、男の腰を押しのけようと試みる。

「無理、だっ」

「いつもこうやって誑かしてるわけだ。視界をちらちら飛びまわって、人を見くだして煽って――くそっ」

後孔に凄まじい圧迫感が押し寄せてくる。襞が亀頭にゴリゴリと潰され、無理やり口を拓かされていく。

しかし同性を受け入れたこともなければ慣らしてもいない孔が、弦宇の凶悪なまでの器官を呑みこめるはずがない。亀頭の先端部分が粘膜にめりこんだものの、それが限界だった。

「初めての演技までできるのか」

苛立ちに濁った声で呟くと、弦宇はほんのわずかに繋がったペニスを扱きだした。ほどなくして背後から呻き声があがった。強制的に精液を内壁へと射ちこまれる。粘液はあらかた溢れて会陰部をねっとりと覆った。

後孔の襞から圧迫感が消えた。脚から衣類をすべて引き抜かれる。

弦宇は痺れて動けない槐の身体を仰向けにすると、膝裏を掴んで丸めた。

白濁まみれになった股間を男に晒すのと同時に、自身の下腹部が目に飛びこんできて、槐はきつく眉を歪めた。そして弦宇もまた、それに気づく。

「俺を煽れて、そんなに嬉しいか」

槐のペニスは腫れきっていた。身体を丸める姿勢を取らされているせいで、先端から糸を縒って垂れる蜜が、槐自身の口許へと滴り落ちる。

「君こそ、どうして急に――」

これまでは毎朝のように煽っても、弦宇の身体は反応を見せなかった。

それが急に今日になって完全に勃起した。なにか特異点があったはずだ。痺れる脳で懸命に考え、思い至る。

「撮影中、僕を殺そうとしたとき勃ってた？」

弦宇の頬が目に見えて強張る。

「だから、僕を置いて、ここに帰ったんだろう。反応したくないのに、反応したから、僕から逃げた」

「……黙れ」

あられもない姿を晒したまま、槐はほのかに微笑した。

「僕が煽ったせいじゃない。君は僕のことしか頭になくなって発情したんだ」

「黙れっ！」

怒鳴り声とともに、弦宇が中指を槐の後孔に捻じこんだ。

「……っ、…」

弦楽奏者の鍛えられた太くて強い指だ。高く張った指の節が襞を突き抜けるのを槐は感じる。根元まで無理やり挿入して、なかに放った種を粘膜に塗りこむように蠢かせる。

体内が痺れて、男の指をきゅうっと締めつける。

「お前がこうやって煽るせいで、俺は――」

弦宇が口を歪めて奥歯を噛み締め、指を引き抜いた。そして会陰部に附着している精液を指で掬い、今度は人差し指も加えて後孔を拡げる。

「…、ぁ…ぁあ」

掠れた声が槐の口から漏れる。

「あっ――」

おそらく弦宇は、同性を抱いたことはないのだろう。手探りなのが伝わってくる。

それでも強い指先に内壁のあちこちを押さえられるたびに微妙に変化する槐の声の音階を聞き分け、弦宇は次第に巧みに快楽を引きずり出しはじめた。

「は…ん…ン」

弦宇の望む音階で声をたてさせられて、まるで楽器にされたかのような錯覚に槐は陥る。

これは決して、槐を気持ちよくさせるための行為ではない。

弦宇が槐を制圧するための手段に過ぎない。

いまや三本の指がバラバラに動きまわって、槐を奏でていた。和音のような声を漏らす槐の顔はみずからが漏らす先走りに濡れそぼっている。

指を抜かれると、閉じきれなくなった孔があられもなくヒクついた。

弦宇がなかば立ち上がるようにして、その孔に完全に張り詰めたものをふたたび宛がう。

槐は首を横に振りながらもがくものの、痺れのせいで思うように動けない。加えて、強い渇望がさらに抵抗を鈍らせていた。

――見たい。

この壊れた男がセックスをする姿を見てみたかった。

「う…うー」

体重をかけて性器を槐のなかに沈めていきながら弦宇は低く唸った。

指三本での慣らしではまったく不十分だったようで、槐は内臓を凄まじい力で圧し潰されていく苦しさに幾度も身を跳ねさせる。

異物を排除しようと蠕動する粘膜を、限界まで伸ばしつくされた。

「ふ、は…ぁっ…ぁあ」

あまりにつらくて、男の腹部に両手をついて退けようとする。すると弦宇がさらに体重をかけてきた。見えている陰茎がどんどん短くなっていく。そうしてついには、槐の臀部に弦宇の叢が密着した。

セックスというよりは、肉体を潰し壊されている感覚で、槐は息をするので精一杯になる。ブレる焦点を、懸命に弦宇へと結ぼうとする。

身体を深々と繋げたまま、互いの顔を凝視しあう。

遊びの要素がまったくないセックスだった。

この世から消したい男のなかに性器を収めて、こらえきれないように腰を揺らす男を槐は貪るように観察する。

弦宇の顔には昏い憤りがこびりついている。それでいて、荒く息をする半開きの唇のめくれた様子や、眇められた目の濡れ方には、隠しようもなく悦楽が滲む。力の籠もった眉に、激しい葛藤が見て取れた。

感じたくないのに感じている弦宇の姿に、全身の肌が粟立つ。

弦宇もまた、槐の表情を細やかに読み取り——ペニスをさらに膨らませた。そして、それを否定したがるように急に腰を乱暴に遣いだした。

丸められた身体に、うえからガツンガツンと熱い杭を叩きこまれる。

対応できない粘膜が狭まってペニスに吸いつき、そのせいで男の動きのままに槐は揺さぶられ、振りまわされた。

抜き挿しもままならないまま、弦宇は次第に小刻みに腰をうねらせはじめる。

自分に覆い被さる全裸の男の、全身に流れるように浮き立つ筋肉の動きに槐は見入る。みぞおちから腹部にかけてが、ぐうっと絞りこまれ、快楽に流されるまいと抗い、震える。

これは弦宇にとって欲望を発散させるための行為ではなく、あくまで槐を捻じ伏せるための攻撃でなければならないのだ。

弦宇が唸り、悔しそうに歯軋りをした。

大きな体軀が、ぶるりと震える。

槐の腹の深くで幹が脈打ち、ドッと粘液を放ちだす。

「ぁ…う、ぐ、…」

「んっ…、ぁ、あ――」

内壁が痺れきって、槐は粗相でもしたかのように大量の透明な蜜をペニスから散らした。

弦宇が大きく首を横に振り、長い性器をずるずると引き抜く。

露わになった弦宇のものは激しくくねりつづけ、槐の茎や顔に濃すぎる白濁を降らせた。

自身の性器の付け根をきつく押さえて、弦宇が布団に膝をついて呻く。

「くそ——なんで」

壊れたように射精しつづける弦宇のものを見詰めながら、槐は犯された場所が激しくわななくのを感じていた。

10

今日はスタジオでの撮影だ。槐(えんじゅ)はセットの外側に立ち、弦宇(げんう)でありムラノである男を瞬きもせずに見据えつづける。

いま弦宇がなにをどう感じているのかを、一滴も漏らさずに掬(すく)い取(と)りたい。

弦宇は演技をしない。だからムラノの苦しみは、弦宇自身の苦しみでもあるのだ。

一周目と二周目でマカベを手にかけたムラノはまた、妻の転落死を告げる警察からの電話に出たところへと時間を巻き戻されていた。

妻の死と、親友の裏切りと、親友を二度までも手にかけたことに、ムラノは絶望し、懊悩(おうのう)する。

マカベもまた時間を巻き戻されて、あの廃工場にいるのだろう。

「俺はまた、あいつを――」

三たび親友を手にかけても、おそらくまたこの時点へと引き戻されるだけなのだ。

「いや、でも、どうしてあいつは簡単にヤらせたんだ?」

ムラノは事故で障碍を負った自身の手足を凝視して、考えこむ。

「その気になれば、あいつは簡単に逃げられたはずだ。……いまだって、あそこから逃げればいいだけだろ？」

その言葉に、槐は昨夜のことを重ねる。

――確かに身体は痺れてたけど、逃げられなかったんじゃない……僕は、逃げなかったんだ。

そう胸のなかで答える。

するとまるでそれが聞こえたかのように、ふいに弦宇が槐を見た。

セットのなかと外とがバチッと繋がる。

遠くにあるはずの藍色がかった眸が、すぐ目の前にあるように感じられて――。

「そうか……お前は」

弦宇が呟く。

「わざと俺にヤられたのか」

激しい憎悪と困惑とを浮かべながら、訊いてくる。

「でも、どうしてだ？」

「――」

槐は視線を揺らす。

弦宇はいま、自身の感情に向き合い、すべてを曝け出している。

そしてそれと同じだけの真摯さを、槐に迫っていた。

――……違う。これは、現実じゃない。ムラノとマカベの話だ。

そう切り分けようとするけれども、感覚をずるずると弦宇のほうに引きずられそうになる。耐えきれずに視線を外すと、村主が「カーット！」と声を響かせた。

弦宇の視線の動きは明らかに違和感があるものだったはずだが、村主はリテイクを出さなかった。

スタジオの壁際に並べられたパイプ椅子に腰を下ろして、槐は俯き、額を掌できつく押さえる。座っても、床がぐらつく感覚が治まらない。

横からやわらかい声が訊いてきた。

「式見さん、大丈夫ですか？」

園井だった。

彼は昨夜、槐と弦宇のあいだにあったことを知っている。

今日の早朝、園井は弦宇の送迎をするために家を訪れたのだ。

弦宇は全裸のまま寝室を出て玄関を開け、その様子を奇妙に思った園井が二階に様子を見に来て、ぐったりしている槐を見つけたのだった。

園井はどうやら同性間のそうした行為のことを熟知しているらしく、手際よく槐の手当てをして、汚れたシーツを剝がして洗濯機に放りこんだ。そして、立ち入ったことはなにひとつ訊いてこなかった。

要するに、園井にとっては想定内のことだったわけだ。

彼は弦宇の共犯者だ。

槐は俯いたまま、視線を園井へと流した。

「優しそうに見えて、えげつない計画を立ててるね」

園井が目を細める。そうすると、黒目勝ちな目は塗り潰されたようになる。

「なんのことですか？」

「撮影中のアクシデントということにすれば、人を殺しても過失致死で減刑か、うまくすれば執行猶予（ゆうよ）かな」

村主監督と話している弦宇へと目をやりながら園井が言う。

「僕はただ、貞野（さだの）さんに必要なシナリオを書いただけです」

槐は線の細い横顔を観察する。

殺人幇助（ほうじょ）を平然とするほど弦宇に入れこんでいながら、しかし弦宇が槐を抱いたことに対して嫉妬（しっと）らしきものはまったく漂わせていない。

「狂信者か」

槐の呟きに、園井の頬に薔薇色の光が宿った。

「っ、ん、ん――あ、…ぁ」

突かれるたびに肺から空気が押し出されて、声が漏れる。その意味をなさない音の羅列（られつ）から、弦宇は微妙なニュアンスの違いを読み取り、動きを変えていく。

「ああ、っ」

悦（よ）い場所をもっとも感じるように抉（えぐ）られて、槐はうつ伏せの身を震わせる。

昨日の今日で、瀬戸（せと）を撒（ま）いて、槐は弦宇のもとを訪れていた。

普段は相変わらず、ムラノそのままに右手左足が不自由であるのに、セックスのときだけは弦宇の肉体は拘束（こうそく）を解かれたかのように自由になる。

いまも彼の右手は槐の胸から腹部までをしきりに撫でまわしている。そうしながら左手は、反り返った茎を握りこみ、強くて繊細（せんさい）な指先で亀頭の割れ目をくじる。

「は…ぁ…う、ぅ」

思わず漏れる喘ぎ声から、また弱点を探知された。

爪で割れ目にある小さな孔をカリカリと引っ掻かれて、男を含んでいる内壁が狭まり、わななく。そうすると、その締めつけを跳ね返すかのように、弦宇がペニスをググ…といっそう膨らませ、腹立たしげに唸る。

犯しているくせに、今日も弦宇は感じるのを嫌がっている。

それが繋がっている場所から伝わってきて、槐は射精したいほどの昂ぶりを覚えた。実際には肉体的なきつさのせいで、先走りをとろとろと漏らしただけだったが。

弦宇の動きが忙しなくなっていき、悔しそうに奥歯を嚙み鳴らした。

奥深くから一気にペニスを引き抜かれて、尾骶骨のあたりにドクドクと粘液をかけられる。今日も驚くほど大量で、濃い。

槐は横目で弦宇を見返り、尋ねる。

「そんなに僕がいいの？」

弦宇がいますぐ殺したがっている目つきで睨みつけてきながら、放ったばかりの幹をまたぞろ後孔に押しこんできた。

「…、あぁっ…！」

マカベがムラノに殺されるとき、こんな気持ちだったのだろうと、背後から弦宇に覆われながら槐は思う。

逃げようと思えば逃げられるのに、むしろ自分から相手を手繰り寄せて、命までも委ねる。

『そうか……お前は、わざと俺にヤられたのか』

セットのなかから弦宇が向けてきた言葉が甦る。

『でも、どうしてだ？』

——どうしてって……それは。

そこに至上の繋がりを見つけてしまったからだ。

だから何度でも繰り返す。

——ループを生んでいるのは、マカベなんだ。
延々と、繋がりつづけるために。
愛する男と。
腰をかかえこまれて揺さぶられながら、槐は身体が芯から爛れる感覚に囚われる。
まるで好きでたまらない相手に抱かれてでもいるかのようだ。
味わったことのない焦燥感がこみ上げてくる。
……自分は、マカベの想いを辿らされているのだろうか？
弦宇の手にかかりたいと渇望するようになるのだろうか？
それこそが、園井が弦宇のために用意した筋道なのだろうか？

11

「式見さん、ずいぶんやつれてますね」

園井の言葉に、弦宇は埠頭の端に佇んでいる槐を見やる。

もともとすらりとした身体つきだが、この一週間ほどでずいぶんと痩せて、いまにも潮風に吹き飛ばされていきそうだ。

「勝手に俺のところに来て、勝手にやつれてるだけだ」

犯されるとわかっていながら、槐は弦宇の家に来る。

おとといなど徹夜ロケだったにもかかわらず、口うるさいマネージャーを撒いて、グラスブルーのアストンマーティンを飛ばしてきた。そして朝陽が射すなかで、弦宇は槐を乱暴に抱いた。

しかし、槐が自分との行為で性的に満たされているとは思えない。実際のところ、槐が射精したのは弦宇の口を一方的に犯したときの一回だけだった。

――別にあいつを感じさせたいわけじゃないから、どうでもいいが。

そして弦宇自身もまた、決して行為を愉しみきってはいなかった。

むしろ、槐を抱いて強烈な快楽を覚える自分を許せずにいる。抱きたくないと思うのに、しかしふたりきりになると触れずにはいられなくなる。

この世から消したくてたまらない男を求める矛盾(むじゅん)に、頭がおかしくなりそうだった。

強い風が吹き抜けて、槐の羽織っている麻のシャツがバッと翻(ひるがえ)る。

「まるで天使ですね。大天使」

園井が呟く。

「あの、貞野(さだの)さん、少しいいですか?」

斜め後ろから、掠れぎみの声が話しかけてきた。振り返ると、津向要斗(つむぎかなと)が立っていた。見た目はほっそりとしているものの、黒々とした目には力があり、プロ意識の高いスタントマンだ。

初めは槐の推薦(すいせん)ということもあり色眼鏡で見ていたが、その確実な技術と仕事への姿勢には、現場の空気を清々しく引き締めるものがあった。村主(すぐり)監督もすっかり要斗を気に入り、アクションシーンの監修として参加を要請(ようせい)するようになっていた。

要斗に確認される。

「本当に手足に後遺症はないんですね?」

「ああ。普通に動かせることもある」

槐を抱くときだけ、身体が完全に自由になる。……その解放される感覚が嫌だった。

——解放なんて、俺は望んでない。

園井が要斗に言う。

「前も言ったとおり、いまの貞野さんは役と溶けてしまってるような状態なんですよ。クランクアップしたら、症状も徐々になくなります」

しかし要斗の顔から不安げな蔭は消えない。

「……でも、今日のシーン、大丈夫なんですか？」

いまは、ループの三周目だ。

マカベを二回手にかけたムラノは、絶望と罪悪感のなか、なぜマカベが自分に殺されたがるのかを暴くことを決意する。

そうして不自由な身体でなんとか、廃工場へと車を走らせる。マカベはやはり逃げもせずに、そこにいた。ムラノはマカベを連れ出し、思い出の地をふたりで巡りながら、マカベの真意を探ろうとする。

おととい――徹夜でのロケをおこなった日は、深夜の高校の校舎に侵入した。

ふたりは二年次に使った教室へとはいると、当時のように窓際の席に前後に座った。

すると、高校のころと同じように、マカベは真後ろのムラノの机に頬杖をついた。クラスの人気者で社交的だったマカベの、ふと見せる空虚な表情に惹かれていたことを、ムラノは思い出す。

そしていま月光に照らされるマカベのなかにも、その空虚さがあった。

どうしても触れずにはいられなくて、ムラノは――弦宇は槐の頰を掌で叩くように触れた。

そのなめらかな手触りに胸が詰まる。

蒼褪めた月光に染まる顔は、この世のものではないかのようで……。

危うく、槐の唇に唇で触れそうになった。

そんな指定はシナリオにはなく、また弦宇自身が自分のしようとしていることに驚いて、槐を突き飛ばして席を立った。

槐は薄い紙きれのように床に転がり、痛みをこらえる表情でこちらを見上げた。

……あの時、あそこにいたのは式見槐だったのか、マカベだったのか。それがわからないのがもどかしくて、だから徹夜明けの撮影後に家を訪ねてきた槐を犯すとき、唇を重ねてしまわないように背後から貫いた。

昨日は、かつて同居していたムラノの家でのロケだった。

すでに住む者もなく廃屋同然の一軒家で、ふたりは一日を過ごした。

その廃屋の造りがいま弦宇が住んでいる事故物件に似ているせいで、そこに槐といると、いっそう現実との境目がなくなった。

うっかりすると、カメラやスタッフの存在も忘れて、槐を犯しそうになる。実際に何度か、彼の腕を乱暴に摑んで引き寄せては我に返った。

濡れ縁から膝より下をだらりと落として並んで仰向けになって、庭の木から蟬の声が降りそそぐなか、尋ねた。

『いつから俺を憎んでたんだ？』

マカベが答える。

『君を憎んだことなんて、ないよ』

『じゃあ、なんで俺に何度もお前を殺させる？』

すると、マカベが身体を起こしてムラノの腹に跨り、小首を傾げた。

『本当にわからないの？』

夏の陽光に溶ける輪郭が、美しかった。

身体全体がドクドクと脈打ち――その晩、槐に騎乗位を強いた。

圧倒的な視覚と快楽とに押し流されそうになりながら、いてもたってもいられない焦燥感に駆られて、弦宇は槐の首に下から手を伸ばした。

――早くこいつを消さないと……俺は。

命をかけて守らなければならないことがある。

それを邪魔する者は消さなければならない。

だから、今日こそ決行するのだ。

「ちゃんと槐さんのことを、助けてください」

まるで弦宇の考えを察しているかのように、津向要斗が厳しい声で言ってきた。

弦宇は眇めた目で要斗を見る。

これから撮るシーンで、槐はみずから足首を縛って海に飛びこむ。

マカベはムラノと一週間をともに過ごしたことで、自分のムラノに対する気持ちに向き合い、自死することでループを断ち、ムラノの時間を前に進めようとするのだ。

しかしムラノもまたこの一週間でマカベを憎む気持ちが揺らぎ、沈んでいくマカベを助ける。

だが、マカベを助けたところで不自由な肉体は力尽き、ムラノは命を落とす。

それが三周目のラストだ。

——今日こそ……。

槐を助けるふりをして海に飛びこみ、見殺しにすればいいのだ。

「本当は、このアクションは俺がやるはずだったんです。それなのに、槐さんがどうしても自分でやるってきかなくて」

「……」

「槐さんは」

要斗が訴えるように打ち明けてきた。

「俺の恩人なんです」

弦宇は嘲笑を頰に滲ませる。

「人の気持ちを引っ掻きまわす、あのあくどい奴がか?」

「……そうなんですけど。それでも、俺に幸せの在り処を教えてくれたのは槐さんで、それは槐さんにしかできないことだったから」

いまにも海へと吹き飛ばされそうに見える槐の後ろ姿を見詰めながら、要斗が呟く。

「だから俺にとっては天使なんです」

——俺には関係ない。天使だろうが悪魔だろうが、消すしかない。

そうすれば世界から雑音は消える。

自分は、四年前の誓(ちか)いを守り抜くことができるのだ。

槐がみずからの両足を縄できつく縛る。何度も結び目を力任せに引っ張る。縄が水を含んだら、どうやっても自力でほどくことはできないだろう。

それを横に立って見下ろしながら、弦宇は心臓が喉元までせり上がってくるのを感じる。

埠頭の端に腰かけた槐がこちらを見上げてくる。

視線が絡む。

世界が雑音で満ちる。耳を塞(ふさ)いでも消えない雑音だ。

この雑音を消さなければならない。

槐が海に滑り落ちるように消えていく。

——このまま助けなければ……。

雑音が身体中に轟く。

気がついたとき、弦宇は水のなかにいた。動かないはずの手足が動いて力いっぱい水を掻き分けている。意識もしないままに飛びこんだせいで、すぐに酸素が足りなくなる。それでも、足掻くこともなく沈んでいこうとする槐を追わずにはいられない。

なんとかその身体を捕まえて、明るい水面へと向かおうとするが、力がはいらなくて進めない。足首になにかが絡みついて、海底へと引っ張られているかのようだ。

明るいほうからこちらへと降りてくる人影が見えた。

その人に、槐を引き渡す。

そこで力が尽きて、弦宇はなにかに引きずられるままに沈んでいった――。


『ねぇ、あれを弾いてよ』

子供の声に話しかけられて、弦宇は目を開く。

潮の香りがするほの暗いところに、十歳ぐらいの男の子が膝をかかえてぽつんと座っている。

――ああ、そうか。

弦宇はしばしぼんやりしてから理解する。

海のなかで自分の足にしがみついてきたのは、「カレ」だったのだ。

自分は死んで、「カレ」のところに辿り着いたのだ。

気が付くと、弦宇はチェロをかかえていた。そして、目の前の男の子と同じ年齢になっていた。

思い出す。十歳の自分はヴァイオリンもチェロも、弾くのが苦痛だった。その苦痛から救い出してくれたのが「カレ」だった。

『弦宇のチェロは、すごく優しいよね。弦宇はすごく優しいんだ』

どんな賞よりも、「カレ」のその言葉が嬉しかった。

だから自分は、ただ「カレ」のためだけに演奏するのだ。ループする旋律は、決して終わることがない。

『早く弾いてよ』

焦(じ)れて、やわらかな茶色い目と髪をした男の子が立ち上がる。

『じゃあ、弾くぞ――弓人(ゆみと)』

チェロの弦に弓を当てる。

男の子が笑顔になって、左足を引きずりながら近づいてくる。

なにかを摑もうとするかのようなかたちで折れ曲がった右手の指で、弦宇の頬に触れようとする。

最初の一音が放たれようとしたときだった。

「弦宇――弦宇！」

雑音が轟いて、弦宇はもう一度、目を開けた。

オッドアイの双眸が視界に満ちる。

慌てて目を閉じたが、もう、ひとつ前にいた場所には戻れなかった。

喪失感と憤りとが胸に逆巻く。

「……なんで、助けた」

濁った声を絞り出すと、掠れぎみの声がそれに答えた。

「貞野さんは槐さんを助けようとした。だから俺は貞野さんを助けたんです」

海のなかで槐を託(たく)した相手は、要斗だったのだ。

「なら、助けなければよかった」

吐き捨てるように呟く。

眉間が割れるように痛んで、瞼をどれだけきつく閉じても、涙が外界へと滲み出た。

12

病院の個室の引き戸を開けて、要斗(かなと)とともに廊下に出る。

「貞野(さだの)さんの意識が戻って、よかった。まったく感謝されてないけど」

救急車が到着するまでの応急処置をしてくれたのも要斗だった。彼は肩を竦めてから、黒々とした眸でじっと槐(えんじゅ)を見上げてきた。

「大丈夫、ですか?」

問いかけられて、槐は小首を傾げる。

「うーん。どうだろうね。よくわからない」

「……変わったな、槐さん。この撮影にはいってから、どんどん変わってる」

ふふっと笑って、槐はほっそりとした要斗の顎を指先でもち上げた。

「要斗も変わったね。人妻の余裕と色気が出てる」

「っ、ふざけるなよ。俺は真剣に心配してるのに」

槐の手を顎から外して、要斗が頬を膨らませる。

そんな要斗に、改めて告げる。

「弦宇(げんう)を助けてくれて、ありがとう」

「——」

要斗がもの問いたげに口を開きかけて、キュッと閉じた。

たとえ大丈夫でなくても、当事者同士が向き合うしかないことがあると、彼は身に染みてわかっているのだ。

要斗を帰すと、槐は廊下の長椅子に腰を下ろした。

しばらくしてから、園井（そのい）がなかば走るように近づいてきた。

「貞野さんの目が覚めたそうですね」

槐の答えを待たずに個室に飛びこむ。そして十分ほどしてから廊下に出てきたときには、目が真っ赤に腫れていた。槐の隣に腰かけて、目許を掌で拭（ぬぐ）う。

「精密検査待ちだけど、いまのところ特に異常は見られないそうだよ」

「……」

園井が震える唇で何度も息をついてから、床へと視線を向けたまま言ってきた。

「貞野さんとは、しばらくふたりきりにならないでください」

強張った横顔で続ける。

「今日のことは、すべて僕の責任です。読みを誤った」

「ふーん。僕が弦宇に殺されるのはいいけど、弦宇が死ぬのは絶対にナシなんだね」

「当たり前です！」

強い語気で速攻で言いきられて、槐は思わず吹き出す。

そして上体を深く前に倒して、下から園井の顔を覗きこんだ。

「そんなに好きなら、君が『ゆみと』の代わりになってあげればいいのに」

園井がビクッとして、槐の顔をまじまじと見た。

「どうして、その名前を…」

「さっき、譫言（うわごと）でね」

あの時、それまで能面のようだった弦宇の顔に微笑が拡がったのだ。それは槐には向けたことのない、温かな表情だった。

弦宇がこちらに戻ってこないつもりでいるように感じられて、それで槐は慌てて声をかけたのだ。

「『ゆみと』なんだね。弦宇と暮らしてて、四年前に亡くなったのは」

園井が苦いものを噛み締める顔になり、頷く。

「僕も貞野さんから直接、聞いたわけじゃないんです。貞野さんが荒れて酒に溺（おぼ）れていたころ、その名前を口にしたのを聞いて、調べたんです。貞野さんが前に住んでたマンションで聞きこみをして」

「『ゆみと』は、どんな男だったの？」

てっきり、弦宇の宝箱にはいっているのは女だと思っていたのだが。

「物静かでおとなしい印象の人だったそうです。……右手と左足が不自由だったらしくて」

「右手と左足って……」

「シナリオで、事故後の後遺症を右手と左足にしたのは、わざとです」

「へぇ。厳しいことをするね」

「……貞野さんは以前みたいにわかりやすく自暴自棄ではないですが、むしろ前よりも深く、静かに壊れてるように感じていたんです。恋人も音楽も喪って、壊死の範囲がどんどん拡がっていってる」

園井が槐の目を見詰める。

「あなたを殺したいと打ち明けてきたとき、この機会に賭けるしかないと思いました。これを逃したら、もう二度と貞野さんが誰かに執着することなんて、ないんじゃないかって。それに貞野さんが自分から僕になにかを頼んできたのは、あれが初めてだったんです。……そしてきっと、最後なんです」

あの殺人幇助シナリオは、貞野の壊死を食い止めて生きさせようとする、園井の必死の思いによって構築されたものだったわけだ。

「僕は弦宇を生かすための生贄ってところか」

呟くと、園井は衒いもなく頷いた。

狂気の籠った純粋さに、槐は胸を打たれすらしていた。微苦笑を浮かべる。

「振り出しに戻るけど、そこまで好きならどうして弦宇の恋人になろうとしないんだい？」

「僕では、貞野さんは救えないからです」

「僕を殺しても、彼は救われないと思うけど？」

「それでも賭けるしかないんです」

弦宇を救える可能性がゼロかイチかの違いならば、園井はイチに賭けるということか。

まるで成功率の低い外科手術のような話だ。

そして術中に弦宇が瀕死状態になってしまったから、今度はふたりきりで会わずに距離を取れという。

蒼褪めた顔を強張らせている園井の隣から立ち上がりながら、槐は言う。

「君も清々しいまでのヒトデナシだね」

「……はい」

否定するでも謝るでもなく、園井が素直に頷く。

槐は笑いを滲ませつつ教えてやる。

「『ゆみと』は、いわゆる恋人じゃなかったのかもしれないよ」

「え？」

「だって、弦宇の初めての男は僕だったから」

園井の頬が紅潮する。

「あの感じだと、女もそれほど抱いてないんじゃないかな」

弦宇のセックスは、楽器を奏でるのに似ている。指使い、リズム、人と楽器がひとつに溶けあう感覚。

自分は楽器にされて、弦宇に狂おしく奏でられる。

立ち去ろうとした槐はふと足を止めて、長椅子の園井を振り返った。

「ああ、そうだ。『ゆみと』って、どんな字なんだい？」

「弓矢の弓に、人です」

胸に軋みが走った。

——弦と弓、か。

完璧な対になる存在だ。

弦宇と弓人は、恋人ではなかったのかもしれない。

ただし、恋人以上ではあったのかもしれない。

一階に降りると、待合スペースに並べられているロビーチェアから瀬戸が立ち上がり、駆け寄ってきた。槐の肘をがっしりと摑みながら、瀬戸が低い声で言う。

「もう好き勝手はさせませんせん」

本気で怒っているのが、血走った目でわかる。

この様子だと、槐が瀬戸の目を盗んで、弦宇のところに夜な夜な通っていたのも把握していたのだろう。

病院の駐車場で瀬戸の車の後部座席に乗せられた。

着いた先は、新宿にある瀬戸のマンションだった。

「撮影が終わるまであと一週間、ここで暮らしてもらいます」

瀬戸の部屋に上がるのは初めてだ。

1LDKの部屋は、普段の彼の様子や仕事ぶりそのままに、潔癖症ぎみなほど清潔で片付いていた。家具やカーテンはグレーで揃えられ、その濃淡はどこか水墨画を彷彿とさせた。

「実に瀬戸らしい部屋だね」

「つまらないという意味ですか？」

刺々しい顔つきで返してくる瀬戸に、槐は微笑みかける。

「禁欲的な感じが、かえってそそられるっていう意味だよ」

「……」

眼鏡の奥で、瀬戸が目を伏せる。こめかみが薄紅くなる。

瀬戸に促されてバスルームを使って、用意された黒無地のTシャツとハーフパンツを身に着けてリビングに戻ると、ローテーブルにほうれん草とベーコンのクリームパスタ、ミネストローネ、サラダが並んでいた。三口コンロをフル活用したのだろう。

「今日は食材がなくて簡単なものですけど」

パスタをひと巻きして口に入れ、槐は笑む。

「瀬戸の料理はいつも正しく美味しいね」

これまで何度か槐の家のほうで瀬戸に手料理を振る舞ってもらったことがあったが、レシピどおりに作ってもなかなかこうはいかないだろうというぐらい、正確な味付けに仕上げるのだ。

瀬戸がホッとした顔をして、微炭酸水をふたつのグラスに注ぐ。

「明日からはなんでも食べたいものをリクエストしてください。和食も作れるようになりましたから」

和食という言葉を口にするとき、瀬戸の頬に緊張が走った。弦宇のことを意識して、和食の練習をしたのだろう。

食事をして他愛もない話をしながら、槐は自分のマネージャーを改めて観察した。あまりに日常の一部になりすぎていて、こうしてじっくり観察することもなくなっていた。いや、あえて観察しすぎないようにしてきた面もあったのだろう。

瀬戸の自分に対する思いの深刻さに関わりあうつもりはなかったからだ。

しかしいま、弦宇のせいでうまく俯瞰が働かなくなっているためか、目の前にいる瀬戸を自分と同じ等身大の人間として見詰めていた。

この三年間、瀬戸は自分の横でなにを感じてきたのか。

これまでは高所から家々を眺めるような感覚で人を見てきたが、いまは窓から部屋のなかを覗きこんでいるかのようだった。

視線が合ったときの、眼鏡の向こう側の眸のわずかな動きの意味はこれまでもわかっていたが、いまはそれになまなましい実感が伴っていた。

寝室にはセミダブルのベッドがひとつ置かれていた。

瀬戸はベッドを槐に譲って、自身はリビングのソファで眠った。

それから三日間、弦宇は退院したもののまだ体調に不安があるという理由で、撮影に現れなかった。残すところは最後のループだけということもあり、槐のシーンだけ撮影を進めた。園井は弦宇に付き添っているらしく、現場には顔を出さなかった。

……自分が瀬戸を見る距離が変わったように、もしかすると弦宇が園井を見る距離も変わったのではないか。

そう考えると、ジリジリとした焦燥感がこみ上げてきたが、瀬戸に付きっきりで監視されていて、弦宇を訪ねることはできなかった。

携帯にメッセージを送ろうかと何度も悩み、結局送らなかった。

撮影からの帰り、瀬戸の運転する車の後部座席で槐はひとりごちた。

「人間は厄介だね」

俯瞰すれば一目でわかる迷路の出口が、迷路のなかに身を置いていると壁に阻まれて、果たして出口があるのかすらわからなくなる。

運転席で瀬戸が呟いた。

「苦しくて、厄介なものなんですよ」


その晩、瀬戸のベッドで眠れないまま目を瞑っていると、寝室のドアがそっと開かれる音がした。目を開けずにいたら、瀬戸がベッドの端に腰を下ろした。

「……式見さん」

苦しそうな囁きとともに唇に重さとやわらかさを感じる。

ゆっくり瞼を上げると、瀬戸が文字どおり飛び上がって床に転げ落ちた。

「あ――あ、私、は」

瀬戸が正座をして深く俯く。

「すみません。本当に、すみません」

槐は起き上がると、ベッドの縁から膝下を下ろすかたちで座った。脚を組み、膝に頬杖をついて瀬戸を見下ろす。

「苦しいのかい?」

問いかけると、瀬戸が項垂れた頭をさらに下げた。ほとんど土下座の姿勢になりながら震える声で言ってくる。

「貞野さんの代わりに、私を使ってください」

性的な発散に奉仕すると言いたいのだろう。

槐はただ真実を返す。

「あんな壊れた奴の代わりなんて、誰にもできないよ」

「それでも……なんでもします……お願いですから、なにかさせてくださいっ」

瀬戸のなかに満ちている焦燥感と欲望が、薄闇を伝播して痛いほど伝わってくる。

そそられるものが、ないわけではない。

この水墨画みたいな、すっきりと淡白そうに見える男はどんなふうに乱れるのか。

しかし手を出せば厄介なことになるのは火を見るより明らかだったから、これまで瀬戸が寄せてくる思いを注視しないようにしてきた。

けれども、いまはその思いを無視することに、わずかながら躊躇いがある。

それはきっと、窓から室内を覗くように、同じ高さから瀬戸を見てしまったせいだろう。

「ねぇ、瀬戸」

呼びかけても、まるでアルマジロのようになっている瀬戸は微動だにしない。

槐は苦笑すると、組んでいるうえのほうの足の爪先で、瀬戸の頭を小突いた。

「セックスはしないけど、君が気持ちよくなるところなら観察してあげてもいいよ」

瀬戸がようやく顔を上げた。

「私が、気持ちよく…？」

「僕をおかずにするのは許してあげるよ」

瀬戸が激しく動揺して視線を慌ただしく動かした。

「そ、そんなこと」

「いつもしてるくせに」

図星を突かれて、瀬戸が耳まで紅くする。

槐が微笑みかけると、瀬戸は身震いをし、彷徨う手つきで自身の下腹部へと手を伸ばした。

しかしすぐに我に返ったように頭を振る。

「できるわけがありません」

「どうして？」

小首を傾げて続ける。

「そのままずっと同じ苦しさのなかにいたいの？」

「でも……式見さんの近くに来られて、こうして傍にいられるようになったのに」

「現状を変えるのは怖い？」

三年前のことが思い出されていた。

親に従って、瀬戸は子供のころから芸能界に身を置き、心身症に悩まされていた。見るからにつらそうなのに、現状維持をしなければならないと思いこんでいた。

爪先で瀬戸の頬を撫でてやる。

「僕から君を手放すことはないよ。君が離れることを選ぶまでは」

瀬戸の目に光が生まれる。

そして槐の足の甲に頬を摺り寄せながら、瀬戸は寝間着のうえから性器を覆うようにして、手を蠢かしはじめた。そこの布が露骨に押し上げられていく。

「ちゃんと見せてごらん」

甘い声で促すと、瀬戸が鼻先へとズレた眼鏡の隙間からじかに槐の顔を見上げた。

まるで強い酒でも一気飲みしたかのような、とろりとした表情だ。いつもの瀬戸からは想像もつかない淫蕩さが漂う。

瀬戸が正座の腰を浮かせ、震える手で寝間着と下着をずり下げる。

細身だが、長さのあるペニスが弾み出た。

膝立ちしたまま、瀬戸が隠したいみたいに両手でそれを握る。指の筒の先から、透明な蜜が糸を引いて床へと垂れる。

「すみません……こんな」

謝りながらも、先端を親指でクリクリと擦りだす。半端に浮かせている腰が刺激から逃れたがるように揺れる。

次第に手がなめらかに動き、茎をきつく扱きながら、双嚢を潰したいみたいに揉みこむ。

「ぁ…く…」

快楽というよりは痛みをこらえる声に近い。

瀬戸の自慰は、まるで自身を虐めたがっているかのようだ。

唾液に濡れそぼる唇に、槐は右足の親指を宛がった。瀬戸がわななく唇を開き、顔を前に出した。指が口内につぷりと沈む。

槐の足の指をやんわりと咥えて、まるで亀頭を愛撫するように舌を遣いながら、瀬戸は両手の動きを忙しなくする。長い茎を搾るように根元から先端まで繰り返し扱き、もう片方の手はどうやら後孔をいじっているらしい。

「ん…んン…ん」

身体全体を静かに揺すりながら、瀬戸が槐の足の指の付け根を甘噛みし、啜り上げた。

「んんん、っ――」

ビクンビクンと身体が跳ねる。

ハーフパンツから伸びる槐の左脚の素肌に、精液が幾度もぶつかる。

「は…ぁ…」

唾液を零しながら槐の指を口から外して、瀬戸は恍惚とした顔で槐の左脚に顔を寄せた。舌を長く差し出して、みずからが放ったものを舐め取り、飲みこんでいく。

しかし絶頂の昂ぶりが去って我に返ったらしい。瀬戸はふいに眼鏡の位置を正すと、衣類を引き上げて下腹部を隠した。

　その顔は出来の悪い蠟人形のように強張っている。

　槐は瀬戸の二の腕を摑むと、ベッドへと引き上げた。

「ここで休むといいよ」

「す…すみません、でした」

　謝りながらすぐにベッドから降りようとする瀬戸の腰に背後から腕を回して、槐は身体を倒した。

　槐に背後から抱き締められる体勢に瀬戸はしばしもがいていたが、身を固くして訴えてきた。

「……つらいです。やはり、しなければよかった」

「つらがってる瀬戸を観察するのは、愉しいよ」

「本当に趣味が悪い」

「いまさら?」

　笑い含みに言うと、瀬戸が慌てたように訂正を入れる。

「自分のことです。……私は、この手のことの普通が、わからないんです」

　沈黙ののち、瀬戸は深呼吸をひとつして、小声で告白した。

「子役のころから、枕をしてたんです。親に失望されたくなくて、芸能界で少しでもいい仕事をしないといけないと焦っていました。選んでもらうために大人に媚びるのは当たり前のことだと思っていて——三年前のあの仕事も、そうやって手に入れたんです」

槐は吐息交じりに、「そう」と短く返す。

槐自身、小学二年から芸能界に触れるようになり、そんな子供をたくさん見てきた。わかりやすい純粋さを大人は好むが、それはあくまで大人にとって都合のいい純粋さに過ぎない。子供たちは大人の理想の純粋さを演じてみせる。

そして子供らしい純粋さを好む大人のなかには、たちの悪い者も多くいる。

槐は子供のころから自分と大人の気持ち悪さを俯瞰できたために、そこに巻きこまれることはなかった。最低限の自衛をできる年齢になるまで本格的な芸能活動をしなかったのも、結果的に正解だった。

「『君は裏方のほうが向いてるから、僕のマネージャーにでもなれば？』」

三年前、槐が瀬戸に、無責任に言ったことだ。

「あの言葉は、私にとって蜘蛛(くも)の糸だったんです」

噛み締めるように瀬戸が言う。

「じゃあ僕は瀬戸にとってお釈迦様(しゃかさま)なんだ？」

槐が静かに笑うと、瀬戸は腹部に回されている槐の腕に手を添えた。縋(すが)るような、敬(うやま)うような手つきで。

「あなたは私にとって、本物の天使なんです」

13

その朝、今日の撮影が休みになったという連絡が村主監督からはいった。

弦宇が病院に搬送された日から五日がたっていた。

最後のループの槐だけのシーンの撮影は撮り終えているものの、弦宇のシーンとふたりのシーンは残ったままだ。

瀬戸が槐からスマホを奪って電話口で、クランクアップはズラせないと抗議すると、村主は一方的に電話を切ってしまった。

村主からの電話があってからほどなくして、ふたたび槐のスマホに電話の着信があった。

今度は園井からだった。

『すみません。貞野さんが荒れて、僕ではもう、どうにもできない状態なんです』

掠れた弱々しい声だ。

この五日間、園井は弦宇と闘いつづけたのだろう。

「撮影どころじゃないレベルなんだね」

『……すべて、僕の責任です』

「あの事故物件にいるの？」

『はい』

「いまから行くよ」

スマホを切り、槐は瀬戸にまっすぐ告げた。

「弦宇と、向き合ってくるよ」

瀬戸は反射的に抵抗感を滲ませたものの、それを呑みこんで頷いた。おとといの晩にある種の一線を越えて、瀬戸のなかで変化したものがあったようだった。神経質な頑なさがいくらかやわらいでいる。

「私もお手伝いします」

決して無理をして協力を申し出ているのではないことが見て取れた。

「お願いするよ。あのクマを捕獲するのには三人がかりでやっとだろうからね」

槐は新宿のタワマンに寄り、捕獲に必要となりそうな道具をアタッシェケースに詰めて、瀬戸の運転する車で弦宇の家へと向かった。

ふい打ちをかけるために、チャイムは鳴らさずに合鍵で玄関ドアを開ける。とたんに、饐えた酒の匂いが漂う。居間に通じる襖は外れかかっていて、いくつもの穴があいている。弦宇の拳によるものだろう。

槐は足音を忍ばせて家に上がると、その外れかけた襖から居間を覗きこんだ。

立て膝で座る弦宇の姿がある。右腕でチェロを抱き、左手で紙パックの日本酒をじか飲みしている。背骨がなくなってしまったかのような、ぐにゃりとした姿勢だ。

座卓の向こう側に、園井が正座している。

そのこめかみには大きな痣ができていた。

居間のなかは、まるで台風でも通過したかのようなありさまだった。簞笥は前に倒れ、障子は骨ごとズタズタになっている。畳には刃物で切り裂かれたらしき跡が無数に走っていた。

槐は廊下をまっすぐ進んで突き当たりを左に曲がると、さらに廊下を進んだ。その先は台所になっている。

台所もまたテーブルが引っくり返り、壁のあちこちがへこみ、調理器具や割れた食器類が床に散乱していた。

槐はアタッシェケースを床に置いて開くと、手錠とボールギャグを瀬戸に渡した。

そして自身はスタンガンを手にする。

——プレイ用のを、こんなふうに活用するなんてね。

台所から居間に通じる引き戸を、音をたてないように開けていく。

しかし酩酊状態とはいえ音楽家であっただけのことはある。わずかな音を聞き分けた弦宇がこちらを振り返ろうとした。

槐は一気に走り寄る。

視線がぶつかって、弦宇が目を見開く。その項にスタンガンを押し当てた。バリバリと音がたち、弦宇の身体が大きく跳ねて硬直した。

　あくまで護身用として売られているレベルのものだが、しばし動きを止めさせるのには十分だ。座卓に突っ伏すかたちになった弦宇の両手首に、瀬戸が手錠をかける。槐は呼吸用の穴があいた黒いボールを弦宇の口に押しこみ、後頭部で留め具をかけた。

　その一連のことを園井は呆然（ぼうぜん）と見ていたが、弦宇が拘束されると、泣きそうに顔を歪めた。

「いい気になってました。貞野さんのことを少しはわかった気になって……」

　園井にしてみれば、壊死を止めようと外科手術をしてみたら、出血多量でショック死しかねない状態に陥った、といったところか。

　槐は早くももがきはじめた弦宇にもう一度スタンガンを当てて、瀬戸に持ってこさせたアタッシェケースから足枷（あしかせ）を取り出し、それを弦宇の足首に嵌めた。

「でも、式見（しきみ）さんなら、もしかしたら……」

　期待を滲ませる園井に、槐は釘（くぎ）を刺す。

「僕は弦宇を助けようなんて思っていないよ」

「え？」

「ただ手許に置いて、観察したい。壊れるなら壊れるで、それを見届けるよ」

世田谷にある戸建ての、広いビルトインガレージに車を入れる。シャッターを閉めれば、まったく人目に触れることなく家にはいれる仕様だ。

瀬戸の車の後部座席から三人がかりで、手足を拘束されたままの弦宇を運び出す。弦宇は酒を浴びるように飲んだうえにたてつづけにスタンガンを当てられたせいで、朦朧状態になっていた。ガレージ内で足枷だけ外し、左右を瀬戸と園井が支える。

「この家で大丈夫なんですか？」

閑静な住宅街であることを心配して、園井が訊いてくる。

「ここの地下は完全防音になってるんだよ」

「完全防音ですか……」

胡乱げな顔つきになる園井に、瀬戸がきっぱりと言う。

「うちの式見は、ドラッグと乱交はしませんので」

しかしその瀬戸も、弦宇を運んでいざ地下室に足を踏み入れると、微妙な表情になった。

もともとは地下スタジオだったところをリノベーションした空間だ。ソファセットやベンチプレスなどのトレーニングマシンが置いてある広いスペースのほかに、ベッドルーム、サニタリールームと分けてあるのだが、すべて強化ガラスだけで間仕切りがしてある。要するにバスもトイレも丸見えな仕様だ。

しかも壁と天井が鏡張りであるため、ともすれば、自分がどの位置に立っているのかわからなくなるような迷宮感がある。

「弦宇を風呂で綺麗にしてきてよ。服はこれで切っちゃっていいから」

槐はそう言って瀬戸にバタフライナイフを渡すと、自身はベッドルームへと向かった。棚のアルミの箱から、鎖の両端にカラビナと革ベルトがついたものを四つ取り出す。ベッドの四本の脚にカラビナでそれをつけながら呟く。

「ここを使う日がついに来たわけか」

この地下室は、槐が宝物を入れるために用意した「宝箱」だ。

だからどこにいても宝物が見える造りにしてある。宝物が主役だから、ほかの気に入りのものをゴテゴテと置く必要はない。

津向要斗をここに入れるのを夢見たこともあったが、それは叶わなかった。

——宝物、か……。

しかし弦宇は思っていた宝物とはまったく違う。

要斗にいだいた所有欲と、弦宇にいだいている気持ちには乖離があった。そもそも要斗のことは俯瞰して把握できたが、弦宇に対しては俯瞰が利かず、いまだに彼の根幹は見えていない。

——知りたい。

その強い渇望がある。

俯瞰できないのならば、虫針で留めて、解体して中身を知るしかない。気持ちの襞を引き延ばして、脆(もろ)いところを暴くのだ。

槐はベッドに腰かけると自分の両耳を掌で押さえた。

外界の音が消えて、うるさい心音ばかりが聞こえる。

園井と瀬戸が、全裸の弦宇を連れてきた。バスルームで我に返ったらしく、弦宇は槐を見たとたん、ボールギャグを嵌められた口で唸り声をあげて飛びかかってこようとした。

槐はベッドから立ち上がると、弦宇をベッドに突き飛ばした。そして、うつ伏せになった弦宇の足首に、手早く拘束ベルトを巻いた。次に後ろ手に嵌められている手錠を外して、手首にもベルトを巻く。

ベッドに大の字で身を伏せるかたちで拘束されて、弦宇が暴れた。

「あの……」

逡巡(しゅんじゅん)する園井に、槐は微笑みかける。

「あとは僕に任せて」

彼のこめかみの痣に触れながら言う。

「園井さんはできる限りのことをしたよ」

「これは貞野さんに殴られたんじゃないんです。ただ、貞野さんが投げたものの先に、僕がいただけで」

必死に庇う狂信者に、槐は頷いてみせる。

「わかってる。大丈夫だから、いまはしっかり休んで」

園井を帰らせることはできたものの、瀬戸のほうは頑として聞き入れなかったので、地上階での滞在を許可した。

地下室にふたりきりになると、弦宇は一段と激しく暴れた。

以前より痩せたせいで、骨と筋肉の蠢きがありありと見て取れる。槐は男の臀部に跨るかたちで座ると、その背に両手を這わせた。

「僕をヤれなかったのが、ショックだったんだね」

殺すつもりでいた相手を助けてしまったことで、弦宇の逆巻く感情は出口を失ってしまったのだろう。先日まで槐へと向けられていた攻撃性は、いまや弦宇自身へと向けられ、自壊しかねない状態に陥っている。

しかし園井が言っていたように、槐と関わらなかったところで、彼の精神はそれ以前から壊死が進行していた。

——壊死か、自壊か……あるいは。

槐は弦宇の背中に覆い被さり、耳元で囁く。

「いっそ、僕が壊してあげようか?」

間近から横目で睨みつけられる。

その目を見詰め返したまま、槐は下腹部を男の臀部に押しつけた。そのままゆっくりと腰をくねらせる。

弦宇が身震いして、槐を振り落とそうともがいたが、四肢を拘束されていては詮無いことだった。

槐は嗤う吐息を漏らすと、パンツの前を開き、下着を押し下げた。

そうして露わにしたものを、嫌悪感に引き締まっている臀部にふたたび擦りつけた。それはすぐに表面を張り詰めさせて反り返る。

尾骶骨に腫れた先端をきつく押しつけると、先走りが溢れだす。それが弦宇の脚の狭間を伝い落ちていく。

弦宇の眉がきつくひそめられる。

この男は音楽一家のなかで育ち、子供のころから弦楽器奏者としての才能を発露してきた。

四年前に壊れさえしなければ、いまもチェリストとしてもてはやされていたことだろう。

本来ならば、こんな場所に閉じこめられて、男の欲望に晒されるような人間ではない。

「好みとは違うけど、そそられるな」

呟くと、槐は尾骶骨から狭間へと、先端を這わせた。

硬く窄んでいるところに行きつく。

「――……ん、ぅ」

弦宇が唸って全力で暴れた。

槐はそのがっしりした腰を両手で摑み、亀頭を窄まりに宛がった。しかし石のように閉ざされたそこに拒まれる。

「いまさら、なにを守っているの？」

小声で問う。

「君はもうすべてを僕に晒すしかないんだよ」

「ぐ…」

ほんのわずかだけ先端を窄まりに挟ませて、槐は自身の茎を忙しなく擦った。

決してこんな行為を許さない男が、憤りに身を震わせる。

「うむ…んぅう」

「あ…あ、――――…ふ…っ、く」

弾かれた精液が密着した場所から溢れ、弦宇の内腿に重たく流れる。

槐は優しい手つきで弦宇の前髪を掻き上げ、その藍色の眸を覗きこむ。

「弓人（ゆみと）のこともすべて、僕に晒してごらん」

14

口から丸い異物を抜かれると、唾液がどろっと顎へと流れ落ちた。拘束されたままの手で拳を握り、弦宇（げんう）はうつ伏せの姿勢でオッドアイを睨め上げた。

「ど…うして、弓人（ゆみと）の、ことを？」

弦宇の濡れそぼる唇を指先でなぞりながら槐（えんじゅ）が返す。

「この口からね。『じゃあ、弾くぞ——弓人』って」

病院で目覚める直前、十歳のころの弓人といたことを思い出す。

そしてそこに槐の声が雑音として轟き、この現実に還（かえ）されたのだった。

「……お前がいなければ……あのまま弓人と、いられた」

風呂上がり、麻のガウン一枚を纏ってベッドの縁に腰かけている槐が、半眼でこちらを見下ろす。

「君の宝箱はあのチェロケースで、あのなかには弓人がはいっているんだね」

「わかったような口を……利くな」

「弓人のために、あのユモレスクの一部だけを弾いていられたら、君はいいの？」

「……」

これ以上、弓人のことに触れられたくない。押し黙ると、槐の手に強張る臀部を撫でられた。その指先が狭間へと這い、そこに嵌められている淫具の取っ手に指を引っ掛ける。軽く刺激されただけで、ペニスの奥底からどろりとした快楽が湧き上がる。それは手を使わずには自分で抜けない、奇妙なかたちのものだった。

張り詰めた下腹部がつらくて、弦宇は腰をよじる。

「気持ちよさそうだね。弓人とは、こういうことをしなかったの？」

槐は弓人を愚弄し、穢すつもりでいるのだ。鼻の頭に憎悪の皺を寄せると、槐が淫具を揺らした。

「う…ぐ…」

「隠さなくていいんだよ」

「あ、あ」

いまにも果てられそうなのに、後ろの刺激だけでは果てられない。挿入するものを求めて、腰が蠢く。槐がさらに強く淫具を揺らす。

腰が抜け落ちるような快楽に、弦宇は濁った声で呟く。

「弓人は、お前とは、違う」

「セックスしなかったんだ？」

「するわけがない…っ」

憤りと快楽とで、頭が芯から沸騰する。

槐が隣に横たわり、肘枕で顔を覗きこんでくる。

「でも、弦宇はしたかったんだよね？」

寒気が背筋を走り抜ける。

「一緒に暮らして、身体の不自由な弓人になんでもしてあげて、夜も同じ部屋で寝て、それはもうつらかっただろうね」

まるで、あの頃の自分たちのことを覗き見ていたかのような口ぶりだ。

「弓人に恋人ができても、君は一緒に喜んでみせてあげたんだろうね」

「や…めろ」

槐の指が淫具を押した。内壁越しに前立腺を抉られて、弦宇は身体をビクつかせる。

「弓人の話と、エネマグラと、どっちをやめてほしい？」

「──どっちもだ……もう、やめろ！　お前は雑音だっ……消えろ、消えろ！」

「忘れたの？　雑音を消さなかったのは君だよ」

「──」

「僕のいる世界と、いない世界。君は僕のいる世界を選んだ」

「違う……違う」

自分が守りたいのは、弓人がいる世界だ。

「ふーん、じゃあ試してみようか」

そう言うと、槐は弦宇の左手首を拘束しているベルトを解いた。

そして無防備に仰向けに横たわる。

「僕を消してごらん」

憤りに任せて、弦宇は左手でその喉を覆った。力を籠めようとする――しかし、まるで磁石の同極同士を寄せようとしているかのように、喉を強く摑むことができない。

幾度試しても、無理だった。

「……くそ、っ」

弦宇は吐き捨てるように言うと、槐を自分の下へと引きずりこんだ。そして左手を麻のガウンの裾へと突っこむ。槐は下着をつけていなかった。狭間に指を捻じこんで後孔を探る。そこはぬるついていた。女ではないのだから濡れるのはおかしい。

――自分で準備したのか……。

槐が微笑しながらみずから脚を開く。

「弦宇」

雑音が身体中に満ちていく。

「おいで」

今度はまるで異極の磁石ででもあるかのように抗いがたい。

弦宇のペニスは吸いこまれるように、槐のなかへとはいりこむ。下拵えされていても狭い内壁をギチギチと押し拡げながら、奥へ奥へと進んでいく。

「っく…ん…」

苦しそうに喉を鳴らしながら、槐が身を震わせる。

——違う……。

根元まで埋めて、弦宇は頭をきつく横に振る。

これは自分が望んでしている行為ではない。槐にセックスをさせられているだけなのだ。

腰が勝手にうねりだす。

陰茎をぬるつく粘膜で締めつけられ、扱かれる。

身体に力が籠もり、体内の淫具が快楽の凝りにめりこむ。

「っ…、は…ぁ…は」

もう完全に自制を失い、弦宇は結合した器官を激しい動きで擦りあわせた。

自分の下で槐の姿が揺らめく。それはどこか宙を羽ばたくさまを連想させた。

——……天使。

弓人にも天使を見たが、それとは違う。

悪魔も元は天使——しかも最上位の熾天使だったという。それは人とはかけ離れた化け物みたいなものであるに違いない。

槐が下から腰に脚を絡めてきた。そして踵で弦宇に刺さっている淫具を押した。凄まじい感覚が性器の底で炸裂して、身体中に飛び散っていく。

「ぁ、あ、ぁあ――……、っ…う」

頭の奥が激しく明滅する。

ガクガクと身を震わせながら射精していく。しかし放っても放っても、快楽の張り詰めた糸が緩まない。槐のなかのものも、腫れたままだ。

唸ると、槐に額を撫でられた。

「君が苦しいのは僕のせいだから、面倒をみてあげるよ」

冷たい化け物のくせに、まるで心ある人のように槐が微笑む。

「騙されない……」

この極上の化け物は、誑かそうとしているのだ。

弦宇が力任せに腰を突き上げると、槐の眸が痙攣した。たてつづけにガツンガツンと突けば、本当につらそうに身悶える。

「や…強すぎ、る」

いつも高みにいるような男が自分の下で追い詰められていくさまに、体内で次から次へと爆発しつづけている苦しみが癒される。

槐が両手で弦宇の腰を押さえて動きを制御しようとした。

それを振り切って、弦宇は猛然と腰を遣いながら宣告する。

「ヤり殺してやる」

＋

『貞野くんって、いうんだよね。すごく上手なんだね』

全日本ジュニアクラシック音楽コンクールの会場となっているホールのトイレで手を洗っていると、隣に立った子がそう話しかけてきた。

弦楽器部門で、弦宇に次いで二位になった相田弓人だった。弓人は小学二年で、学年も同じだ。

『別に』と愛想なく答えたが、弓人がキラキラした目で見詰めつづけてくるから、少し苛つきながら言葉を足した。

『お前のほうがうまかった』

実際のところ、弦宇は自分が一位を取れたのは、ヴァイオリニストである父が圧力をかけたせいだと感じていた。これまでも、いつもコンクールでヴァイオリンを弾けば一位だった。

『え、俺はそんなふうに思わなかったよ。それに俺は母さんに言われてやってるだけだし……母さんは昔、ヴァイオリニストだったんだって』

弦宇もまた、父によってもの心つく前からヴァイオリンをもたされてきただけで、やりたくてやっていると思えたことがなかった。

弦宇は改めて弓人をまじまじと見た。

色白で、ほっそりとしていて、淡い色の目と髪をしている。白いシャツにネクタイをしてグレーのベストとスラックスを身に着けている姿は、品があって綺麗だった。

それからコンクールで会うたびに弓人と話をするようになった。

学校ではなにか雰囲気が違うと遠巻きにされ、ヴァイオリンを弾く子供たちからは敵視されていたこともあり、弦宇には友達と呼べる相手がいなかったから、弓人は初めての友達だった。

しかしある時、ホールのベンチで並んで話しこんでいるふたりを目にした弦宇の母親が飛んできて、有無を言わさずに弦宇を弓人から引き離した。

いつも上品で華やかな声楽家の母が、見たことのないような形相を浮かべていて、それがあまりに異様で、弦宇はどうして弓人といたらいけないのか訊くことができなかった。

そして、小学四年のときの全日本ジュニアクラシック音楽コンクールの直前、弓人は事故に巻きこまれて、右手と左足を負傷し、二度とヴァイオリンを弾けない身体になった。弓人は母子家庭で、車を運転していた母親は死亡した。

弦宇がそれを知ったのはコンクールでその年も一位を獲ったあとのことで、どういうわけか、父親が弓人を貞野家に連れてきたのだった。

事情はわからなかったが、弓人は一緒に暮らすことになった。

その頃から、母親はホテル暮らしをするようになり、家には滅多に立ち寄らなくなった。

弦宇は、ヴァイオリンを弾かなくなった。

もともと父に叱られながらヴァイオリンを弾くのは苦痛だったし、なによりも弓人が二度と弾けないことを思うと、気持ちがしおれた。

父はひどく怒ったものの弦宇が折れないと悟ると、チェロを渡してきた。

本当はチェロも嫌だったのだけれども、仕方なく練習していたら、弓人がうっとりとした顔で言ってくれた。

『弦宇のチェロは、すごく優しいよね。弦宇はすごく優しいんだ』

それがとても嬉しくて、弓人のためにチェロを弾くようになった。

弓人はユモレスクの中盤がことさら好きで、そこだけを繰り返し聴きたいとねだってきた。弦宇は喜んでその願いを叶えた。

小学六年のときに全日本ジュニアクラシック音楽コンクールの弦楽器部門で、弦宇はチェロで一位を獲った。通常は弦楽器部門の上位はヴァイオリンと決まっている。異例のことで、おそらく父がまた圧力をかけたに違いなかったが、弓人が喜んでくれたから、それでよかった。

中学に上がると、海外のチェリストから公演の誘いが来るようになった。弦宇は弓人と離れたくなかったから行きたくなかったが、弓人は行くことを強く勧めた。

弦宇が弓人も一緒でないと嫌だと駄々をこねると、弓人は『じゃあ、俺はチェロケースのなかに隠れてついていこうかな』と笑った。

不貞腐れながら弦宇は空のチェロケースを指差した。

『はいってみろよ』

すると、弓人は本当にチェロケースのなかにほっそりとした身体を滑りこませた。膝を曲げた姿勢で仰向けになった。

弦宇はケースの両縁に手をつき、そのなかの弓人を覗きこんだ。

尾骶骨から背骨を伝って、脳のなかまで、甘い痺れがねっとりと這い上っていく。

――……このまま、どこへでも連れ歩きたい。

そうしたら、いっときも離れずに弓人と過ごせるのだ。

『……弦宇？』

少し不安そうな声で名を呼ばれて、弦宇は我に返る。

驚くほど近くに弓人の茶色い眸があった。……唇に互いの吐息がかかる。

心臓が撃ち抜かれたみたいに痛くなって、弦宇は身体を跳ね起こした。

弓人も戸惑った顔で、ケースのなかで上体を起こした。

いっそあの時、キスをしてしまえばよかったのだろうか。

弦宇が、自分と弓人の本当の関係を久しぶりに会った母から告げられたのは、それからすぐのことだった。

『あの子の母親は愛人の分際で、息子に弓人なんてつけて、ヴァイオリニストにしようとしたのよ。貞野家には弦宇っていう立派な跡取りが、先に生まれていたのに』

母が言っていることが、すぐには理解できなかった。

そして理解できた瞬間、世界が崩れるような衝撃を覚えた。

——弓人は、弟だったんだ。

半分だけ血の繋がった弟だ。

『だから私はね、あの子の母親を厳しく糾弾(きゅうだん)したの。当然でしょう？ そうしたら、どこまでも身勝手な女で、息子と心中しようとしたのよ。私はそこまでのことなんて、望んでなかったのに』

母の声は声楽家のそれとは思えないほど裏返って震えた。

あとになってその時のことをなぞって、弦宇は思ったものだ。

弓人が貞野家で暮らすようになったのと同時に母は家を出たが、それは愛人の子である弓人と暮らすことが気に入らなかったからではなく、弓人が目の前にいると良心の呵責(かしゃく)に耐えられないからだったのかもしれない。

父は母を傷つけ、母は弓人の母親を傷つけた。そのせいで弓人は右手と左足に消えない障碍を負った。

――俺は……。

自分は半分血の繋がった兄として、加害者の息子として、弓人が幸せになるように生涯をかけて贖わなければならない。

――俺には、弓人を求める権利はない……。

決して、この恋する心を弓人に知られてはならないのだ。

大学に進学したのを機に実家を出たが、弓人を連れて行き、ふたりで暮らすようになった。

弓人は訓練して左手を右手と遜色ないまでに使えるようになっていて、大学では心理学科を専攻していた。

大学進学の援助を弦宇の父から受けることを、弓人は初めのうちは固辞していたが、父は曲がりなりにも自分の血を引く弓人が進学しないことが許せなかったようで、結果的に弓人が折れるかたちとなったのだった。

『俺は弱いから、心を補強しないといけないんだ。弦宇を見習わなきゃね』

そんなことをよく口にしていたが、弦宇からすれば、弓人のほうがよほど芯が強くて眩しかった。もし自分が弓人の立場だったら、周囲を呪っていたに違いない。

大人たちは、それぞれに身勝手だった。

父は、弓人の母に金は渡したものの弓人を認知することはなかった。

弓人の母は、そんな父に息子の存在を誇示するために弓人にヴァイオリンを強要した。

弦宇の母は——確かに深く傷ついたのだろうが、小学生の息子を置いていき、数ヶ月に一度、息子と外食をするだけの関係に落ち着いた。そのうち、その母子の外食の席には、母の恋人らしき若い声楽家が同伴するようになった。

子供たちは致命的な巻きこまれ方をしたのに、ふたりのことを第一に思う者は、誰もいなかったのだ。

だからよけいに、弦宇と弓人は互いのことを第一に思うようになったのだろう。

学費はそのうちまとめて父親に叩きつけて返すつもりでいたが、生活費までは世話になりたくなかったから安普請（やすぶしん）のアパートを借りて、弦宇は藝大生（げいだいせい）チェリストとしてパフォーマンスをすることで金を稼（かせ）いだ。

アパートでは布団を並べて敷いて寝ていた。

稼ぎが増えてマンションに移ってからも、同じ部屋にベッドを並べて寝た。

掃除洗濯は弓人にやってもらうことも多かったが、包丁や火は使わせたくなくて、料理はできる限り弦宇がやった。弓人は和食が好きで、いつも美味しい美味しいと言いながら食べてくれた。

それは胸が始終詰まるような、甘くてつらい生活だった。

弓人を抱き寄せたくなるたびに、血が出るほど唇の内側を噛み、掌に爪を立てた。それでも夢のなかで抱き締めてしまうことがあって、その度に冷や汗をかいて飛び起きた。

大学三年のとき、弓人に恋人ができた。同じゼミの、面倒見がよくて明るい女の子だった。嫉妬で胸が焼け焦げたけれども、弦宇は『よかったな』と言った。

大学を卒業してからふたりが結婚に向けて動き出したときも『よかったな』と言った。しかし、結婚式を翌月に控えた夜、弦宇は深酒をしてしまった。

そして隣の弓人のベッドに、嫉妬と欲望のままにはいったのだった。

キスをした。舌を入れると、弓人が目を開けた。抵抗はしなかったが、唇が離れると、乱れた呼吸で訊いてきた。

『俺たちって、兄弟だよね？』

出生のことを弓人にじかに話す者はいなかったが、さまざまなパーツを組み合わせて、おそらくずいぶんと前から弓人はその答えに至っていたのだろう。

弓人は抱き締めてくれた。

『弦宇と血が繋がってて、嬉しい』

身体は劣情に張り裂けそうだったけれども、弦宇はもうそれ以上のことはできなかった。

兄として、弓人の幸せを願わなければならないのだと思った。

弓人が亡くなったのは、それからひと月ほどたったころだった。

車に轢かれそうになった子供を助けて、代わりに自身が轢かれたのだ。もし弓人の左足に障碍がなかったら、命を落とすことはなかったのかもしれない。そもそも弓人の母親が心中など図らなければ、弓人は不自由な身体になることはなかった。

自分の母が弓人の母を追い詰めたりしなければ――弓人の母親が息子にヴァイオリンを強いたりしなければ――父がきちんとふたりの女性と向き合って責任を取っていれば――自分が弓人を貞野の家から連れ出さなければ――……。

それとも、あの晩、弓人にキスをしなければよかったのか…………。

弓人がこの世からいなくなった瞬間、弦宇と世界は断絶した。弓人がいなくなったのに、世界はまるでなにもなかったかのように進んでいく。それは暴力的な不条理さだった。

弦宇はどこにも進まないループのなかに留まった。

酒に溺れつつ、弓人のためだけにチェロを弾いた。

弓人が気に入っていたユモレスクの中盤だけを、延々と弾きつづける。

――出口なんて、俺には必要ない。

ループのなかでずっと、弓人のことだけを想いつづけるのだ……。

＋

「弦宇」

雑音に、目を開ける。

ペールブルーのタートルネックに、テーパードパンツを穿いた槐が、ベッドの横に立っていた。

すでに秋が訪れていることを、弦宇は知る。

ここに監禁されて一ヶ月以上はたったということだ。

いまの弦宇を拘束しているものは、左足首に嵌められた足枷だけだ。それにはサニタリールームやキッチンまで行き来できるほど長い鎖がついている。キッチンには刃物類はいっさいなく、ブレッドボックスにはいっている数種類のパン、冷蔵庫内のハムやチーズ、レンジで温める冷凍食品、果物などをいつでも好きに食べることができる。トレーニングマシンまで使える。

常に全裸を強いられているものの空調がちょうどよく設定されていて、体調を崩すようなことはなかった。

この地下室はまるで、監禁を目的として作られたかのようだった。

アルコールはいっさい置いていないため断酒を余儀なくされ、意識は鮮明に保たれている。

ただそれは、弦宇にとって、アルコールに溺れているよりもつらい状態だった。

素面で、弓人を失った現実に、弓人との閉塞世界を守るために槐を消せなかった事実に、向き合わざるを得なくなったのだ。

しかも槐という雑音に耳を塞ぎたいのに、塞がせてもらえない。

「僕がいないあいだ、いい子にしてるんだよ？」

　槐が微笑しながらそう言ったかと思うと、左手にもっているスマホを操作した。とたんに、弦宇は全身を突っ張らせた。仰向けの姿勢で、自然と腰だけを宙に突き出すかたちになる。

　萎えていたペニスがムクムクと勃ち上がる。その根元にはリングが嵌められていて、リングからは細い革バンドが伸びている。

「すっかり、なかがよくなったんだね」

「うる…さ、い」

　唸るように言いながらも、弦宇の腰は後孔に嵌められたディルドの振動にビクつく。

　それは鍵付きのディルドベルトで固定されていて、ペニスリングにも繋がっているのだ。しかもスマホからアプリで操作できるため、槐は外出先からでも弦宇を苛むことができる。

「その姿を、見せてあげたいね――弟に」

　槐が身を屈めながら、そう囁く。

　大小のボールや、玉が連なったもの、男性用貞操帯――あらゆる淫具を駆使して、槐は弦宇を追い詰め、朦朧となったところで弓人のことを喋らせたのだ。

　この男になによりも大切な人のことを教えたくなどないのに、苦痛に限りなく近い快楽に、気持ちを捻じ曲げさせられた。

　その度に槐への恨みは嵩んでいった。

「君は弟にこんなことをされたかった？　それとも、弟にしてやりたかった？」

「黙れっ」

自分と弓人の、二度と進むことのない時間に疵を入れられて、弦宇は憤りのままに槐の腕を摑むと、獣が捕食対象を引きずりこむように自分の下に組み敷いた。

槐の身体は以前より明らかに薄くなり、顎は鋭角的になっている。その分、オッドアイの双眸が異様なまでに存在感を増していた。

彼の痩せた腰からパンツと下着を引きずり下ろして、今朝方まで犯していたところにペニスを捻じこむ。

「ぁ…っ！　ん…」

抗うこともなく受け入れて身をくねらせながら、槐が緩めた口許を震わせる。まるでキスをねだるかのような卑猥な唇だ。

いまだにキスはしていない。危うい瞬間があっても、弦宇はそれだけは避けてきた……おそらく槐のほうもだ。同極同士と異極同士の磁石の力が同時に働いているかのような拮抗する力が、唇のあいだにあった。

タートルネックの裾から両手を突っこんで、脇腹をきつくなぞり上げて、胸へと指を這わせる。乳首を摘まんで千切ろうとすると、弦宇を含んでいる粘膜がぎゅううっと狭まる。その孔を無理に擦りながら狙い澄まして突き上げる。

「は、ふ――ぁぁ、あぁぁ」

ビブラートのかかった切ない音色が、槐の口から漏れた。

その意図したとおりの喘ぎ声は雑音のはずなのに、弦宇の聴覚を鳥肌がたつほどに刺激する。

いまだ振動しつづけているディルドを思わず締めつけてしまう。

「ぐ…く…」

性器と体内の刺激が絡まりあってひとつになり、脳髄を痺れさせる。

しかしリングのせいですぐには射精できず、弦宇は追い詰められたようにあられもなく腰を振る。

行為に没入しすぎて、近づいてくる足音に気づけなかった。

ふいに、瀬戸の厳しい声が背後から響いた。

「もう出る時間です。式見さんを放してください」

彼は通常は地上階のほうにいるが、ここへはいることも許されている。だからふたりのセックスの場に居合わせたことは、これまでに幾度もあった。

弦宇は顔を上げて、壁に張られた鏡越しに瀬戸を見る。その顔は無表情に鎧われている。

しかし、弦宇は気づく。

眼鏡の奥の眸が、犯される槐を凝視して潤んでいることに。

槐が上擦った小声で囁いてくる。

「いつになったらヤり殺してくれるんだい？」

「……こんな薄っぺらくなって、よく煽る気になるな」

左右で色の違う目が細められ、煌めく。

弦宇は、薄ら寒い恐怖を覚えていた。

槐のなかには無私がある。

どこまでも自分本位であるように見えながらも、槐は自分自身に固着していない。自暴自棄でもなく、ただそのように在るのだと感じさせる。

それは人間として——生き物の本能として間違っている。

「よくいままで、生きてこられたな」

その呟きは、弦宇の本心だった。

濃密なようでいて、ともすれば腕のなかからいまにも消え去りそうな希薄さに、焦燥感がこみ上げてくる。

弦宇は知らず、槐を両腕できつく締めつけた。

そうして、性器を根元まで繋げたまま腰を激しくわななかせる。リングが食いこむ幹から、懸命に精液を押し出していく。

快楽は長く、全身の神経が焼き切れそうなほど鮮烈だった。

結合を外すと、ヒクつく孔からどろりと白濁が溢れた。

「始末しないと出かけられないよ」

　気だるげに起き上がると、槐は自身の孔にすらりとした中指を挿入した。そして粘つく体液を掻き出していく。

　自分の欲望の濃さを証（あか）すものを突きつけられて、弦宇は思わず目を逸らす。鏡に映る瀬戸の姿が視界にはいった。

　彼は槐を、蒼褪めた顔で睨みつけていた。

15

「貞野さんの今週の状態は、どうですか？」

槐の所属事務所の会議室、テーブルの向こうで園井が不安げに両手を揉みあわせながら訊いてくる。

「生きてるよ。断酒もできてる」

「チェロのほうは？」

「園井さんが言ったとおり、弦宇の家に置いたままにしてある」

「そうですか。チェロ断ちもできているんですね」

園井に言わせると、弦宇は「牡丹灯籠」の新三郎と同じ状態なのだそうだ。新三郎は死んだお露に恋焦がれて念仏を唱えつづけ、幽霊となって現れたお露と逢瀬を繰り返した末に、絶命する。

弦宇のユモレスクの中盤は、新三郎の念仏と同じだというわけだ。

だからチェロに触れられなければ弦宇は弓人と逢えなくなると、園井は踏んだのだ。

ただチェロで念仏を唱えられなくなったとはいえ、槐が弓人のことを語らせては煽るため、弦宇の心は荒れたままで、その凄まじい感情の渦はすべて槐にぶつけられる。

その渦は、槐という捌け口を与えられる前は、弦宇自身に向けられていたものだった。

自滅も自壊も免れる方向に舵を切ることができたわけだが。

——……僕がどこまでもつかだな。

俯瞰する力を失い、槐は弦宇の渦に巻きこまれていた。精神的にも肉体的にも、すでにかなり追いこまれている。

弦宇を間近に観察するほどに、弦宇もまた剝き出しの槐を深く見返してくる。

『よくいままで、生きてこられたな』

彼は、槐の致命的な欠陥に気づいたのだ。

人としての自然な感情の流れが希薄で、ほかの者たちの作る流れを傍観して演技することしかできない。欠陥品の、人でなし。

——きっと、弓人とは真逆なんだろうな。

弦宇を苛んで語らせた弓人は、どこまでも清らかで綺麗だった。

彼らは半分だけ血の繋がった兄弟だったが、弦宇にとっては兄弟以上であり恋人以上の、代替の利かない存在だったのだ。

弦宇は弓人に、一度だけキスをしたという。

そして、その誓いのキスに生涯縛られることを、弦宇は自分に課した。

そのために滅びることも、弦宇にとってはある種の悦びであったのかもしれない。深夜の公園でユモレスクの一部だけを演奏しつづける彼は、没入の彼岸にいた。あの時、弦宇は弓人とともにいたのだ。

――それを、僕が邪魔した。

『お前は雑音だっ……消えろ、消えろ！』

念仏を妨げ、彼岸から引き戻す雑音ということなのだろう。

……そのことを考えるとき、胸の底でなにかが蠢く。

しかしそれがどのような感情であるのかは判然としない。

自分の感情にも、弦宇の苦しみにも、答えも出口もないのだろうか。もどかしさに中指の爪を噛んで、子供のころにこの癖があったことを思い出す。

知らなかったとはいえ、実の親ではない両親のもとで育ち、もしかすると自分は無意識下で、いまのように判然としない思いに悩まされていたのだろうか？

わかっていると思いこんでいた自分のことすら、わからなくなりかけている。

かなり長い沈黙があったはずだが、園井は黙って、ただそこにいた。なんとなく、極限状態の弦宇が園井だけは近づかせた理由が少しわかった気がした。

槐はひとつ息をつくと、彼に尋ねた。

「村主監督のほうは、どう？」

弦宇が現場に現れなくなったため、映画の撮影は中断したままだ。

「相変わらず、超不機嫌ですけど、相手が貞野さんですからね。気分が乗らなければ現場に現れないって、これまでもありましたし……これだけ長引くのは初めてですけど」

「あの監督がそれを許すんだ？」

「貞野さんは演じません。素の貞野さんを撮りたい以上、仕方ないことです」

狂信者らしい、誇らしげで傲慢な色が園井の顔に浮かぶ。

実際のところ園井は弦宇さえ生き延びられれば、槐が死のうが、村主の負債が膨らもうが、知ったことではないのだろう。

週に一度の報告会を終えて園井が去ると、入れ替わりに瀬戸が会議室にはいってきた。

「園井さんは卑怯です。貞野さんのことを式見さんに丸投げして……貞野さんをあの家に運んだとき以来、一度もあそこに顔を出さないじゃないですか」

槐は椅子に座って頬杖をついたまま、瀬戸を見上げる。

「それでいいんだよ」

「え？」

「弦宇に僕以外の逃げ道は必要ないから」

嫣然として続ける。

「我を忘れて僕を求める弦宇を観察するの、たまらないんだ」

「それは……観察、なんですか？」

瀬戸が低めた声で指摘する。

「溺れてるだけじゃないんですか？」

「そうかもしれないね」

「――本当に、あの男に殺されますよ？」

それには答えずに、槐は椅子から立ち上がった。

瀬戸とすれ違いながら、独り言のように呟く。

「宝物だから宝箱に入れるのか、宝箱のなかにあったら宝物なのか。どっちなんだろうね？」

「……変わりました」

槐に言うでもなく、瀬戸が呻くように訴える。

「貞野弦宇と関わるようになってから、あなたは変わってしまいました。……あなたは誰かひとりのものになってはいけない……そのために滅ぶなんて、許されないのです」

いつもの槐であれば、高みから見下ろして、瀬戸の心のうちぐらい簡単に読んだことだろう。

しかし弦宇によって翼をもがれ、離れていても弦宇のことで頭がいっぱいで、完全に読み損ねた。

＊

仕事上がり、車の後部座席で瀬戸から手渡されたペットボトルの冷たいジャスミンティーを口に含んでしばらくすると、車窓から見える明かりが渦を巻きはじめた。

眠っていた。

ここに閉じこめられてから、皮肉なことに深く眠れるようになっていた。

時間からも世界からも切り離されて、溜めこんできた記憶も気持ちも劣情も、すべて槐によって吸い出されているせいなのか。

夢を見ているとわかっている夢のなかで、弦宇は槐を抱いていた。

キスをしないように後背位で抱いていたはずなのに、いつの間にか槐は自分の下で仰向けになって喘いでいた。

その濡れてめくれた唇に、見入る。

——駄目だ。

自分が唇を望む相手は、弓人だけでなければならない。

弓人との誓いのキスを守らなければならない。そうして生涯、弓人を想いつづけるのだ。決して、ほかの者に惹かれたりはしない。

『弦宇…』

オッドアイの眸がつらそうに煌めきながら自分を見上げている。

『く…——うるさい……うるさいっ！』

不快な雑音が、どんどん大きくなっていく。

弦宇は両手で自分の耳を塞いだ。

けれどもそれは消えることなく、身体のなかで反響する。その轟く雑音に、地下室が崩壊するのではないかと思われたときだった。

まるで耳元で雷が鳴ったかのような音がして、同時に身体がグンッと硬直した。

夢が吹き飛び、目を開けようとすると、また息もできないほどの痺れが全身を貫いた。

ようやく目を開けられたとき、口に酒瓶（さかびん）を突っこまれていた。まともに嚥下（えんげ）できないまま、口のなかに注がれていく。

こちらを見下ろす瀬戸は右手にテキーラの瓶を、左手にはスタンガンをもっていた。

「式見さんのなかから、出て行ってください」

眼鏡のレンズの内側に涙が滴り落ちる。

「このままでは式見さんが壊れてしまいます。お願いですから……解放してください」

監禁されているほうの人間に、解放してくれと頼むとは、どういうことなのか？

「そのために死んでください」

「——」

槐のなかに自分がいるから、自分が死ねば、槐は解放されるのだと瀬戸は言っているわけか。

それほどまで、あの式見槐が自分に執着しているとは思えない。

……だが、槐の無私に包まれているとき、ゾッとする寒気とともに、ある種の愛情のようなものを感じることは確かにあった。

それに実際のところ、抱くごとに槐の身体は薄くなっていく。

まるで身を削ぎながら尽くしてくれているかのようで……。確かにこのままでは早晩、槐の命は尽きるのかもしれない。それこそ、朦朧として車道に彷徨い出てしまうのではないか。

それを想像したとたん、弦宇は強烈な拒絶感に見舞われた。

——駄目だ……それは絶対に駄目だ。

もしそうなったら、自分は身を挺して槐を守るだろう。あの時のように、と思って、それが映画のワンシーンであったことを思い出す。映画のなかの出来事と現実とが混沌として、それでいてひとつの強烈な感情の流れを生んでいた。

自分はムラノではない。槐はマカベではない。けれども同時に、あの役のなかで積み重ねてきた想いは、いま自分のなかにあるものと符合している。

弦宇は顔を歪めた。

——そうだったのか……俺は……あの雑音は、俺の。

弦宇はみずから喉を開いた。

噎せながらテキーラを嚥下する。喉も胃も焼け爛れていく。

酒断ちしていたせいもあって、まるで頭を殴られたかのように脳がジンジンして、全身の感覚が曖昧になる。

テキーラの瓶が二本、空になる。

瀬戸はぐったりしている弦宇の下腹部に嵌められているディルドベルトを、鍵を使って外した。槐しかもっていないはずの鍵だ。それを槐が瀬戸に渡すとは思えない。どういう手段でか、槐から奪ったのだろう。

——まあでも……こいつは、槐に悪いようにはしないか。

それなら、どうでもいいと思えた。

瀬戸は弦宇に黒いガウンを着せると、足枷も外した。そうして弦宇をベッドから下ろそうとする。瀬戸は槐よりも小柄で、逞しくもない。

弦宇は酔いで腰砕けになりながらも、瀬戸の肩を借りながら自力で歩いた。

殺そうとしている相手が協力してくれていることに瀬戸は困惑した顔つきになり、涙を流しつづける。

本来の瀬戸は、このようなことをできる人間ではないのだろう。

それでも槐のためになら、それができるのだ。

ふと、優しげな顔立ちの脚本家のことが脳裏をよぎる。

彼もまた本来は、殺人の幇助などできる人間ではないのかもしれない。……園井に、礼を一度も言っていないことに気づき、それを少しだけ心残りに思う。

階段を上って、地上階に出る。

リビングへの扉に嵌められたガラスの向こうに、ソファに横たわる槐の姿が見えた。

その姿を目に焼きつけるあいだ、瀬戸は待っていてくれた。

ビルトインの駐車場に停められた瀬戸の車の後部座席に横たわらされる。

「事故物件を……現場に、するのか？」

回らない呂律で問うと、運転席から瀬戸が答える。

「あの家なら火災報知器もありませんし、式見さんに迷惑がかかることもありません」

二度も事故物件になるとは因果な家だと、弦宇はかすかに喉を震わせた。

弓人の死から、自分の死を幾度も思い描いた。死はとても近くにあった。

しかしいま、死と少し距離ができている。

——あいつのせいか……。

式見槐によって、あらゆるものを吸い出された。

いま思えば、四年前に弓人に生涯を捧げると誓ったのは、自分に対する呪いだったのだろう。

喪失感とともに、自分のせいで弓人が死んだのかもしれないという思いに圧し潰されていた。

だから自分を呪わずにはいられなかった。

槐はその呪いすら、吸い出してくれたのだ。

死と距離ができたいまになって死が訪れるとは皮肉なものだが、抗う気はない。

瀬戸の言うようにそれによって槐が解放されるのならば、意味ある死だ。

——あいつの無私が感染ったか。

もう一度、笑いに喉を震わせる。

多摩川沿いの事故物件に着く。

酔いでふらつく身体を瀬戸に支えられながら、家に上がる。まるで屋内で台風が通ったかのような惨状で、白分がどれだけ荒れていたかを突きつけられた。

弦宇を台所の床に座らせるとき、瀬戸はそこに散らばっている割れた皿をどけてくれた。

「酷いもんだな」

呟くと、瀬戸が真面目に返してきた。

「あなたのなかにあるこれだけの嵐を、式見さんはひとりで受け止めたんですよ」

「……」

認めたくないけれども。

「あいつは——天使だな」

人をいたぶるのを愉しむ、悪趣味で高慢でヒトデナシの……どうしようもなく人を惹きつけてやまない天使だ。

「ここで火事を起こすんだな?」

ガス栓を開いている瀬戸に尋ねながら、弦宇はシンクの下の扉を開いた。そこにストックしてあった紙パック入りの日本酒を摑み出す。

酔いが少し薄まってしまっていた。パックからじか飲みしていると、瀬戸が横に座った。そして弦宇の手から酒を奪って、呷った。素面(しらふ)ではとても人を焼き殺せないのだろう。気の毒になってくる。

「あとは、俺が自分でやっておく」

「……」

「ちゃんと片をつけるから、お前はもう行け」

瀬戸が細面(ほそおもて)を歪める。

「ヒトデナシのくせに、人間みたいなことを言わないでくださいっ」

どうやら瀬戸は怒り上戸(じょうご)らしい。こめかみに血管を浮かせて言い募(つの)る。

「私がこの手でやります。できますから！」

「でもお前、犯罪には頭が回らなそうだからな。足がついて捕まるぞ」

実際、この計画も弦宇が協力的だったから実現可能になったわけで、もし弦宇が本気で抵抗したらこの家までひとりで引きずってくることすら困難だっただろう。

呆れと心配の入り混じった眼差しを向けると、瀬戸がもう一度酒を呷って、立ち上がった。酒に弱いらしく、もうすでに足元が覚束(おぼつか)ない。

「私は絶対に捕まりません」

「そうか？　なら、いいけどな」

さすがにテキーラと日本酒のちゃんぽんは効く。

麻酔でも打たれたかのように意識が朦朧としてきた。開きにくくなった瞼を無理やり上げて、瀬戸を見上げる。

あくまで料理中の失火に見せかけたいらしく、揚げ物用鍋にオイルをとぷとぷと注いで、コンロの火を点ける。そしてキッチンペーパーや布巾など燃えやすいものをコンロの周りに積んだ。これならすぐに火の手が上がり、築五十年の木造建築は巨大なキャンプファイヤーと化すことだろう。

「上出来だ。行け」

瀬戸にそう告げて残りの日本酒を飲み干して目を閉じようとしたときだった。

ふたたび横に瀬戸が座る気配がした。

なんとか瞼を上げてそちらを見ると、瀬戸が何錠もの錠剤を口にして、噛み砕きだした。

「お…い……なに、を」

瀬戸は無言のまま、それを嚥下する。

——絶対に、捕まらないって……言ったのは。

回らない頭で考えるのがもどかしい。ようやく答えに辿り着く。

——ここで死ぬ気なのかっ。

瀬戸は殺人をよしとできる人間ではない。自分自身を許せないから、ここで弦宇とともに命を絶つことで贖罪をしようというのだ。

「く…そ——」

瀬戸に死んでほしいとも、心中したいなどとも、わずかも思えない。

弦宇は力のはいらない手で瀬戸の肩を摑み、揺さぶった。

「き、ろ——起きて、逃げろ、っ」

しかし酒と薬が相乗効果で効いたらしく、瀬戸の身体は力なく横倒しになった。

——なんとか、こいつを外に出さないと。

この台所には勝手口がついている。あそこから押し出してやればいい。

だが、弦宇の意識はともすれば途切れそうで、身体はすでにどこもかしこも感覚が曖昧だった。焦燥感ばかりが嵩み、心臓が早鐘のように打つ。それがいっそうアルコールを身体中に回らせて、意識が混濁しそうになる。

弦宇は落ちていた割れた皿を手に取った。

それでガウンの裾から露わになっている自分の左腿を切りつけた。数拍置いてから血が溢れ、それとともにズキンとした痛みがそこから拡がる。いまにも沈みそうだった意識が隆起する。

背後のシンクでゴオッと火の手が上がった。

その炎に思わず見入る。

——このまま……。

このまま焼け死ねば、弓人のところに行ける。

そして弓人のために延々とユモレスクの中盤だけを弾きつづけるのだ。胸が甘い誘惑にわななく。

瀬戸が譫言のように呟いた。

「式見、さん」

とたんに雑音が体内に満ちて、現実に引き戻される。

「……っ」

弦宇はもう一度、自分の腿を切りつけると、瀬戸の胴体に腕を巻きつけた。早くも煙が台所に充満していた。自分が破壊したグラスや皿の破片に肌を傷つけられながらも、弦宇は瀬戸を引きずり、床を這う。勝手口はすぐそこなのに、煙とアルコールにともすれば意識を侵食されそうになる。ぐったりとした瀬戸の身体は、本来の体重の何倍にも感じられた。

ようやく勝手口に辿り着いたころには、呼吸するのも困難になっていた。ドアノブへと手を伸ばす。なんとか摑むことができたが、円筒錠を回しても開かない。

立たなければ届かないドアの上部に補助錠があったことを弦宇は思い出す。

ドアノブを握って、それを頼りに立ち上がろうとしたところで、煙を大量に吸いこんだ。頭の芯がぐにゃりと歪む感覚とともに、弦宇の身体は床へと崩れ落ちた。

＊

夢を見ていた。

深夜の公園で、弦宇がチェロを弾いている。そのすぐ足元の地面に、人影が蹲っている。その人影へと、弦宇が微笑みかける。

槐はそれを少し離れたところから見ている。

あの人影は弓人であるに違いなかった。

ふたりの世界は完璧に完結していて、そこに槐の入りこむ隙はない。だから弦宇は、槐の存在にはまったく気が付かない。

よくよく見れば、弓人は黒い靄が溜まって人のかたちを為している状態だった。その靄が流れ出て、弦宇の足元をひたひたと浸している。初めに踝が見えなくなり、続いて脹脛が見えなくなる。

朧な人影がこちらを見て、訊いてきた。

『弦宇を、連れて行ってもいい？』

『――』

強烈な悪寒に、全身を締めつけられる。

『そんな、こと』

喉が詰まって、声が掠れる。
悪寒を振り払うようにして槐は弦宇へと駆け寄った。
『そんなこと、いいわけがない…っ』
弓人のかたちの靄を蹴り散らかしながら怒鳴る。
『絶対に連れて行かせない！』
宝箱にはいっているのは、宝物だ。
初めて手にした宝物なのだ。
涙が出る。
『それなら……』
黒い靄が大きく広がりながら囁く。
『弦宇を助けてあげて――早く』
その靄が槐を突き抜けるように吹き抜けた。
目を覚ます。
頬に触れると濡れている。
悪寒と焦燥感を、夢のなかからもち帰っていた。耳の奥で甦る言葉を呟く。
「『弦宇を助けてあげて――早く』」
槐は上半身を跳ね起こし、強い眩暈(めまい)を覚えた。

そういえば、瀬戸の運転する車の後部座席に乗って、そこで意識が途切れたのだ。そしてここは世田谷の一軒家のリビングだ。

意識を失う前に、瀬戸に渡されたペットボトルの中身を飲んだことを思い出す。

『貞野弦宇と関わるようになってから、あなたは変わってしまいました。……あなたは誰かひとりのものになってはいけない……そのために滅ぶなんて、許されないのです』

思い返せば、瀬戸は切羽詰まった様子だった。

そして槐に薬を盛った。

――瀬戸は、弦宇を消そうとしてるのか……っ？

ソファから立ち上がったものの足がもつれて、壁に手をつく。槐はキッチンに向かうと水を大量に飲んで薬の効果を薄め、抽斗からフォークを取り出した。それを左の手の甲に突き刺す。

「ぐ…っ」

四つの尖りが肌を貫き、痛みが鈍くなっている神経を目覚めさせる。

以前、役柄でやった方法だが、意外なほどよく効いた。槐はもう一度、手の甲にフォークを突き立ててから、玄関へと向かった。

すでに弦宇がこの地下にいないだろうことは、確かめるまでもなくわかっていた。

ここでことを起こせば、槐に嫌疑がかかる。瀬戸は絶対にそれを避けるはずだ。

――……あの事故物件か。

あそこならば、弦宇ひとりのこととして処理することができる。

アストンマーティンに乗りこみながら、槐はスマホで園井に電話をかけた。

「弦宇が危ない。いまから彼の家に行く」

通話が繋がると、一方的にそれだけ告げて電話を切った。

そしてもう一度、手の甲に深々とフォークを突き刺した。すでに左手は血で濡れそぼっている。掌に伝った血を白いチェスターコートで拭い、ハンドルを強く握る。

ここから弦宇の家までは二十分足らずで着く。そのぐらいならばフォークで意識を保ちつづけられるだろう。

多摩川沿いの道路に出て進んでいくと、家の前に近隣住民らしき人たちが集まっていた。路肩に車を停めてドアを開いたとたん、焦げ臭いにおいに噎せそうになった。

槐はまろびそうになりながら敷地に飛びこんで玄関を開けた。煙がドッとなかから溢れる。

住民たちは式見槐の突然の登場と、さらには槐が家にはいろうとしていることとに、二重の意味で目を剝いた。そして慌てて止めようとする。

「火事――火事なんだっ！　はいったらダメだ！」

それを背で聞きながら、槐は腕で口許を塞いで、土足のまま家に上がる。煙で目を開けていられないが、この家の構造は熟知している。廊下をまっすぐ進み、突き当たりで左に折れる。

失火を装うつもりなら、おそらく瀬戸は弦宇を台所に放置したはずだ。

実際、台所に近づくにしたがって煙と熱気が凄まじくなっていく。槐はさらに身を低くして台所へとはいった。天井に火が回っているらしく、バチバチと木材が焼ける音と火の粉が降ってくる。

「弦宇っ！」

懸命に声を張ると、数拍置いて奥のほうから呻き声が聞こえた。そちらへと床を這うように進んでいく。すると勝手口の前に、弦宇と――瀬戸が倒れていた。

弦宇が苦しそうに眇めた目で、槐を懸命に見詰める。

「鍵……ドアの、うえ」

この勝手口には上部に補助錠がある。それのことだろう。

槐は辛うじて酸素が残っている床付近の空気を吸って息を止めると立ち上がった。煙と熱で目が開けられないなか、手探りでドアの上部を探る。もどかしさと苦しさに、頭がおかしくなりそうだ。

それでも一本の信念が、自分を支えてくれていた。

――弦宇を、かならず助ける。

彼は自分の宝物だからだ。

もう空っぽの宝箱をかかえて生きたくない。

ここまで強くなにかを望んだことは、生まれて初めてだった。こんな逆巻く感情を――とても人がましい感情を、自分はもって生まれてきていたのか。

焦燥感と窒息に、身体中が痺れる。指先の感覚も、もうほとんどない。

それでも必死に手指を動かす。

なにかに指先が触れた気がした。

限界が訪れ、膝が砕けたようにすとんと身体が落ちた。

──ダメだ……助け、ないと。

弦宇の長い手がドアノブを摑むのが見えた。

ドアが、向こうへと開いていく。

天井が落ちたらしいドーンッという音と振動が、背後から襲ってくる。

二の腕を摑まれて、引っ張られる。

なかば身体を宙に投げ出されるようにして、槐は地面に転がった。肺に空気が雪崩れこんでくる。煙で痛む目から涙が溢れる。

その曇った視界に、やはり地面に倒れている弦宇と瀬戸の姿が映る。

炎が壁を這い上がって二階へと伸びていくのが見えた。

「あ…、っ」

槐はハッとして、上体を捻じり起こした。

「チェロが──」

ままならない身体で、もがくようにして立ち上がろうとすると、足首を強い手指に摑まれた。

「行く、な」

槐は地面に横たわっている弦宇を見下ろし、首をきつく横に振る。

「チェロを寝室に置いてあるんだ。取ってくる…っ」

あれは弦宇の宝箱で、そこには弓人という宝物がはいっているのだ。

いまならば、それを喪うのがどういうことなのかが、痛いほどわかる。

唇を血が滲むほど嚙み締めてから、苦渋に顔を歪めて弦宇が呟く。

「かまわない」

「弦宇……でも」

「──弓人は、もう、いない」

その言葉を口にするのは、どれだけつらいことだったか。

きつく閉じられた弦宇の睫毛の狭間から、涙が滲む。それでも、槐の足首を握る力を、わずかも緩めることはなかった。

「……」

立ち上がりかけた身体から力が抜けて、槐は地面にへしゃげるように座った。

足首を放した弦宇の手が、今度は槐の手を握ってきた。

指を絡ませるかたちで、槐はその手を握り返す。

そうして、炎に照らされた夜空へと立ち上っていく煙を見詰める。
消防車のサイレンの音が近づいてきていた。

16

東京国際フォーラムの会場に、出演者および制作陣が集結し、映画「閉じる世界」の完成報告会見ののちに完成披露試写会が開かれた。

四千人に及ぶマスコミを含む観客は、話題騒然のこの作品に、さまざまな意味で食いついた。

……一ヶ月前、貞野弦宇の家が火事になり、弦宇を式見槐が救出するという、まるでドラマさながらのことが起こったのだ。

状況と弦宇の証言から、事件ではなく事故として処理された。

瀬戸も多少は煙を吸ったものの、病院で意識を取り戻し、命に別状はなかった。彼がみずからの罪を告白しなかったのは保身のためではなく、そうしたら槐に迷惑がかかるからだった。

あの火災は結果的に、最高の宣伝となった。

同性愛的な内容を含む作品ということも重なって、ネットには有象無象の妄想が書き立てられ、試写会の倍率は凄まじいものになった。

あの火災の一週間後、弦宇は撮影現場に戻ってきた。槐もスケジュール調整をして残りのシーンを撮り、無事にクランクアップを迎えた。

弦宇が撮影に参加できなかった期間が長かったため、そこから編集をして今日の試写会まで、村主(すぐり)はほとんど寝ずに作業をしたらしかった。

ただでさえ狂暴そうな顔つきに、真っ黒いクマと眉間の皺、それに伸びた無精髭が加えられて、どう見ても凶悪犯にしか見えない風貌になっていた。

そんなわけで、槐も完成した作品を見るのは今日が初めてだった。

二階席に、槐の左横には弦宇、右横には村主、そのさらに右には園井(そのい)という並びで座る。

これまで三十本近くの映画に出てきたが、出演作を観るのにこんなふうに緊張するのは初めてだった。

横目で弦宇を見ると、彼もまたいつになく神妙な顔つきをしている。……弦宇の手を握りたい気持ちが湧き上がってきたが、伸ばしかけた手を引っこめた。

半月前にクランクアップして以来、顔を合わせるのは初めてだった。

どこかで、この作品を通してきちんと自分自身に対峙(たいじ)してからでないと、弦宇とも向き合えないという思いがあったのだ。

弦宇のほうがどういう気持ちで今日を迎えたのかはわからないが、彼もまた槐に連絡を寄越すことはなかった。

映画が始まる。

冒頭のマカベがムラノに首を絞められるシーンを目にしたとたん、弦宇が式見槐のことで頭がいっぱいになっているのが伝わってきて、思わず甘い吐息を漏らしてしまった。

それから、ムラノの結婚式のシーンに飛ぶ。

友人代表でスピーチをするマカベのつらそうな様子、そして披露宴のあとに車道にふらつきながら出ていくマカベをムラノが身を挺して助け、右手と左足に消えない疵を負う。

そのためムラノは閑職に追いやられて参っていく。妻はそんなムラノに不満をいだくようになり、浮気を繰り返し、夫に冷たく当たる。

妻がマカベとホテルに行ったのも、その浮気のうちのひとつだった。

そして、妻はそのホテルで謎の転落死を遂げる。

ムラノは障碍を負い、妻を殺され、おのれの人生を破壊しつくしたのはマカベだと恨み、マカベを血眼で探す。そしてついにマカベを廃工場に追いこんで、冒頭のとおりマカベの首を絞める。

それから、高校二年の出会いのシーンに移る。

村主は「映像技術を舐めんなよ。どうにかする」と豪語していたが、やはり弦宇はとうてい高校生には見えなかった。……のだが、少しすると、なぜか身体ばかり大きい、無愛想で頑なな高校生にしか見えなくなった。

エキストラが現役高校生中心なのも功を奏しているのだろう。

そこには、本物の高校二年生の教室があった。その箱に入れられた生徒たちの、自意識と同調のあいだをゆらゆらするさまが、なまなましい。

……映画のなかのできごとなのに、ムラノとの甘酸っぱい思い出は、まるで自分のもののように槐のなかにあった。自分と弦宇が、かつてこのようにして出会ったような錯覚に陥る。

複雑な家庭で居場所を失ったマカべは、ムラノの家に転がりこむ。園井がアテガキをしたからだろう。ムラノが住む亡き祖父の家である一軒家は、焼けた事故物件によく似ている。

そのせいで、役積みとしての同居生活の記憶と画面のなかの出来事が入り混じる。

次第に、なにが撮影のなかのことで、なにが現実のことだったのか、判然としなくなる。

大学生のふたりの弾けるような笑顔が画面を満たしたあと、二周目のループにはいる。ムラノはマカベを廃ビルの屋上から突き落とすとき、憤りだけではない、ひどく苦しそうな切羽詰まった顔をしていた。それは、弦宇が果てるときの表情によく似ていた。

——……完全にポルノだ。

ある意味、セックスそのものを切り取った映像よりも官能的だった。

そして三周目のループに移行する。

ムラノはマカベを連れて、夜の高校に忍びこんだり、同居していた古い家屋に行ったりして、自分たちが積み重ねてきた想いを洗い出し、向き合う。

蝉が鳴くなか、ふたり並んで縁側に横になっているシーンは特に印象的だった。まるで騎乗位のように、槐が弦宇に跨る。性的なシーンではないのに、ひどく扇情的で、その行為は夏の日差しに溶けていた。

そうやってムラノは、マカベが自分に寄せていた情動を、自分がマカベにいだいていたのに目を背けていた情動を、知るのだった。

マカベもまた自分のムラノへの気持ちに正面から向き合い、ムラノをこのループから解放しようとする。

これまでとは違う特異点を作るために、マカベは足首を縛って海に飛びこみ、自死を試みる。しかしムラノはマカベを助け、自分が命を落とす。……あの時、弦宇は槐を見殺しにできずに助けてしまった。弓人のために槐を消せなかった自分自身を、弦宇は責めたて、撮影に現れなくなったのだった。

槐はセーターの袖から指を入れて、腕の素肌に触れてみる。鳥肌がたっていた。

シナリオを読んだ時点では陳腐なループ物程度にしか感じなかったのに、こうして見ていくと、ふたりのわずかな表情や会話の積み重ねで、純度の高いラブストーリーになっている。

これはマカベとムラノの——いや、槐と弦宇のために作られた恋の話だったのだ。

四周目のループにはいる。

死んでいく側が、死を代償としてループを生むのだ。

二周目、三周目はマカベが生み、四周目はムラノによってループが生み出された。

ムラノもマカベも、ここまでで自分の気持ちに向き合い、四周目では相手に正面から想いをぶつけることを誓う。どちらも死ぬ必要などなく、ともにいられればいいのだ。

そして四周目は、これまでと起点が違っていた。

披露宴の直後へと、ムラノは時間を巻き戻したのだった。

クランクアップの日に撮影した最後のシーンを、槐はスクリーンに映される映像とともにありありと思い出す。

槐はブラックスーツにシルバーのネクタイを締め、弦宇はグレーのフロックコートにアスコットタイを締めていた。

しかし、三ヶ月前に披露宴のシーンを撮影したときとは、ふたりともだいぶ違っていた。

弦宇も槐もずいぶんとやつれていて――それでいて、眸には強い光がある。

『サン、ニィ、イチ……』

村主監督が指揮者のように右手を振り上げた。

披露宴会場となったホテルの前の道路へと、槐は口許を掌で押さえながら、ふらりと彷徨い出る。そして、そこで我に返り、時間が巻き戻されたことを知る。

よりによってこの瞬間に戻ったことに愕然(がくぜん)として立ちすくんでいると、クラクションがあたりに響き渡った。ぐんぐん近づいてくる乗用車のヘッドライトに目が眩(くら)む。

前に車に轢かれそうになったときは、このまま轢かれれば楽になれるという気持ちだったが、いまは違う。

自分は、自分の想いに向き合ったのだ。

それを相手に伝えなければならない。

だから、生きなければならない。

フロックコート姿の花婿(はなむこ)が、こちらへと全力で走ってくる。

強く心と身体を惹きつけられるままに、槐は弦宇へと身を躍らせた。ふたりの身体がぶつかって、アスファルトをゴロゴロと転がる。今回は、車は弦宇にまったく当たることはなかった。

長い腕に抱き締められたまま回転が止まる。

弦宇を下敷きにするかたちで、槐は顔を上げる。

すぐ近くに藍色がかった眸があって、それが濡れそぼりながら、瞬きをするのも惜しいように見詰めてくる。

弦宇の両手が、槐の頭を挟みこむ。

槐のほうから顔を寄せたのか、それとも弦宇のほうからだったのか。

唇が重なった瞬間、槐の目から涙が転がり落ちた。

ふたりにとって初めてのキスなのに、それは相手を貪(むさぼ)る必死なものだった。突き入れられた弦宇の舌を、槐はしゃぶり、舐めまわした。唇も口のなかも、痛いほど痺れて、唾液が弦宇の口へと流れこんだ。それを、弦宇が音をたてて飲みこむ。

腿に硬いものが当たっていた。

槐は腰の位置を調整して、自分の硬くなっているものを、それに重ねた。互いの腰がもどかしく蠢く。

『……カ、カーット！』

柄にもなく村主監督が口ごもりながらそう声をあげたものの、槐と弦宇はそのあともしばらく、唇を離すことができなかった。

いま、スクリーンには、そのキスシーンが大写しにされている。

弦宇の舌が、槐の口のなかにはいっているのが見える。

あの時の熱い痺れが甦ってきて、槐の身体はピクンと跳ねる。すると、腿のうえに置いていた手に、大きな手が被さってきた。

「……」

自然と掌をうえにして、互い違いに指を絡める。

重なる掌、ふたりの湿った熱がひとつになる。

映画のなかのことは、自分たちの真実なのだ。

自分と弦宇が間違いなく繋がっていることを、槐は全身に拡がる痺れとともに確信する。

エンドロールが流れるなか、いまだ弦宇と手を繋ぎあっている槐の耳元に、右横から村主監督が口を寄せてきた。

「な？　園井が書く本は、怖ぇだろ？　作りごとをまるごと本物にする魔法を使いやがる」

それは心酔する者の声音だった。

おそらく園井は、弦宇が槐を殺したいともちかけてきた時点で、弦宇が槐に惹かれる可能性をわずかながらも見出したのだろう。

だから弦宇が望むとおりの脚本を書いてやりながら、槐と生きるという選択肢をそこに忍ばせた。

弦宇が槐を殺したところで、弦宇は弓人を喪った苦しみからは解放されない。精神を壊死させていくしかなかった。

そして園井の目的は、ただひとつ。なんとしてでも弦宇を救い出すことだった。

――まんまと、トゥルーエンドに導かれたわけか。

槐は、村主の向こう側に座っている園井を見やった。

その横顔は、目的を達成した者の満足げな笑みを浮かべていた。


楽屋から瀬戸とともに出て、地下二階にある関係者用の駐車場へと下りる。

「……この作品に出ることを、なんとしてでも阻止すればよかったです」

目と鼻を紅くしながら、瀬戸が呟き、このひと月で何十回目かわからない同じ質問をしてきた。

「本当に私はマネージャーを続けていてよいのでしょうか?」

瀬戸は、殺人未遂を犯した。しかし弦宇の命を奪う代償として、みずからも命を擲とうとした。彼はそこまでして槐を守ろうとしたのだ。

槐は瀬戸の肩に手を置いて、微笑する。

「前にも言ったはずだよ。僕から君を手放すことはない」

「……ありがとうございます」

瀬戸が涙ぐみ、肩に置かれた槐の手に掌を重ねようとしたときだった。

ふいに強い手指が槐の二の腕を摑み、瀬戸から引き剝がした。

「弦宇…」

弦宇が瀬戸にまっすぐ告げる。

「俺はどうしてもこいつが欲しい」

「──……」

眼鏡の奥の眸を据えて、瀬戸が弦宇にやはりまっすぐ言う。

「式見さんを不幸にしたら、殺しに行きますから」

それが脅しでもなんでもないことを、ここにいる三人だけはわかっていた。

弦宇が槐の腕を摑んだままランクルへと歩きだしながら、返す。

「ああ。そうなったら殺されてやる」

そして、これもまた真実の言葉なのだと、三人だけはわかっている。

ランクルの助手席に乗った槐は後部座席を振り返る。そこにはもう、チェロケースは載せられていない。

車が着いた先は、世田谷の一軒家だった。

弦宇が今日という日に、この場所を選んでくれたのが素直に嬉しい。

ビルトインの駐車場に車を駐めて、地下室への階段を下りる。

ガラスの間仕切りがある、四方の壁と天井に鏡を張り巡らせた空間にふたりではいる。

「おかえり、弦宇」

胸が満たされるのを感じる。

「宝箱に、宝物が戻ってきた」

そして満たされているからこそ、弦宇の痛みを想う。

「でも君の宝箱は、なくなってしまったね」

もう二度と、そこには誰もはいることができない。

弦宇が手を握ってきた。指を絡めるかたちの繋ぎ方だ。そしてバスルームへと向かう。

アクリル製のバスタブに湯を溜めつつ、弦宇はバスルームのなかで槐のコートを脱がせて隣のサニタリールームへと放った。タートルネックのセーターとパンツ、下着に靴下も、槐の身から剝がしていく。

そして自身も全裸になると、槐の足元に両膝をついた。

見上げてくる藍色がかった眸が、眩しがるように眇められる。

「もう宝箱は、いらない。中身だけがあればいい」

そう告白すると、弦宇が膝立ちになって槐の腰に強くて長い両腕で抱きついてきた。腹部の素肌に、押しつけられる熱い唇を感じる。

そこから痛みに限りなく近い強烈な痺れが、全身へと波紋を描きながら拡がっていく。

――胸が痛い……。

自分に致命的に欠けてきた心の痛覚が、機能するようになったことを槐は知る。

それが果たして、幸せなことなのか不幸せなことなのかは、わからないけれども。

身体が震えて。

「ああ、寒いな」

弦宇はそう言って立ち上がると、湯が半分ほど溜まった透明なバスタブへと槐を横たわらせた。そして自身もはいろうと、バスタブの両脇の縁に手をつき――動きを止めた。

なだからな楕円形（だえんけい）の器のなかから、槐は弦宇を見上げる。

弦宇が肘を深く折る。

槐も背を丸めるかたちで、顔を上げる。

唇が触れ合ったとたん、今度は身体のあちこちで同時に、痛みによく似た痺れが花開く。

慌ただしく舌を挿れながら、弦宇が飛沫を上げてバスタブに身を落とした。槐の脚のあいだに、弦宇の腰がはいりこむ。まるで互いに吸いつけあっているかのように、結合する部位を寄せる。

後孔の襞を無理やり引き延ばして、弦宇がすでに腫れている器官を繋げようともがく。

一ヶ月ぶりであるうえに、下拵えもしていないところにぶ厚い亀頭を押しこまれて、槐は痺れと痛みにもがいた。もがきながらも、口内の弦宇の舌を懸命に舐める。

「ん…ん」

項を摑まれて、さらに深く舌を受け入れさせられる。

弦宇は弦を押さえるほうの手指で槐の胸をまさぐると、尖った乳首を強弱をつけて爪弾いた。弾かれるたびに身体がピク…ピクと跳ねる。

「は、ぅ――ぁ、…ぁ、あ…ぁ」

まるで調音されているかのようだった。

やんわりと粒を擦られながら、内壁の弱い場所にペニスを当てられる。厚みのある舌が、喉奥まで侵入してくる。

「あ、ん…ン…ッ」

弦宇を含んでいる上下の粘膜が、狭まってわななく。

きつい圧迫感を味わいながらゆるゆると腰を遣いだす弦宇の臀部へと、槐は足先を伸ばした。

快楽に強張っている尻の丸みを辿って、足の指を狭間へともぐりこませる。

「んぅ、っ」

右足の指先で弦宇の後孔をなぞると、弦宇が喉を鳴らして槐の口から舌を引き抜いた。

濡れそぼった唇で槐は微笑む。

「好きだよね、ここ」

弦宇はそこで感じたくないと頭を横に振り、腰を前に逃がそうとして、ペニスを根元までぎっちり槐のなかへと埋めてしまう。そうして逃げ道を失ったまま、槐の足の人差し指を後孔に呑まされた。締まった臀部から背中まで、嫌がるように筋肉が蠢く。

「君の背中、たまらないね」

囁くと、弦宇が振り返るかたちで天井の鏡を見上げて、舌打ちをした。

「どこまでもあくどいな」

「誉(ほ)め言葉だね」

弦宇は槐の右足首を摑んで自分の孔から指を外させると、そのまま腰を引いて、ずるずるとペニスを抜いた。

そして浮力を利用して簡単に槐の身体を扱い、今度は自身がバスタブの底に座り、その膝に槐を背中を向けて座らせ、ふたたび貫いた。

「ん…ん」

バスタブの縁を摑んで身を震わせる槐の胴体に抱きつき、弦宇が仰向けになる。

湯気の向こう、曇り止め加工をほどこされた天井の鏡に、繫がるふたりの姿が丸ごと映る。

「凄いな」

弦宇が低い声をかすかに震わせ、呟く。

「雑音で頭がおかしくなりそうだ」

「まだ雑音扱いするの？」

咎める声音で問うと、弦宇が背中に胸を押しつけてきた。酷く荒々しい心臓の動きが、じかに伝わってくる。

「雑音の正体は、これだ」

「え？」

鏡越しに告白される。

「──あの夜の公園で初めて目があった瞬間から、この音がうるさくてうるさくて、……それで、お前を恨んだ」

槐は唇を噛む。

そうしないと、あられもない声を漏らしてしまいそうだった。

思いも寄らぬ告白のせいで、身体が、粘膜の内側まで狂おしくわなないている。弦宇を含んでいる場所が、いまにも焼け爛れそうなほど熱い。

ふたりとも動けないでいるなか、バスタブの湯の表面が複雑な波紋をいくつも重ねていく。静かに、繋がった場所で互いの弱い場所を揉みしだきあって――。

「槐……う…くッ」

弦宇の響く呻き声とともに、水面が強く、幾度も波打つ。

「ぁ…ぁ、ぁぁ――、っ……」

それに重ねて、水面から突き出た槐の茎もまた小刻みにわななきながら、とろつく真っ白な粘液をいつまでも溢れさせつづけた。

エピローグ

宝箱の階段を上がりながら、槐はチェスターコートに包まれた弦宇の背中を見上げる。以前にも増して、堂々とした品格の漂う背中だ。

「明日は朝からドラマ版の打ち合わせだよ」

「わかってる」

映画「閉じる世界」は予想外の観客動員数を叩き出し、後日談込みのリメイクが地上波の連続ドラマとして制作されることが決まったのだ。

主演が槐と弦宇であるのはもちろん、村主深監督のテレビドラマ初参戦ということもあり、すでに話題沸騰中だ。

『式見槐と貞野弦宇は、現在も役積みを続行中⁉』というゴシップめいた記事が週刊誌に載ったが、実際のところはただの同棲だ。

いまは宝箱を地下にかかえた世田谷の物件を生活拠点にしている。

所有しているタワーマンションは使用頻度の低いものから順に、賃貸に出すことにした。最終的にこの物件だけ使えればいいというかたちに落ち着くのだろう。

——……いや、箱はもういらないのかもしれないいな。

わざわざ宝箱に入れなくても、宝物は宝物なのだ。

宝物さえあれば、どこでどんなふうにでも暮らしていける——自然と、そう思えるようになっていた。

弦宇に深夜のデートに誘われてランクルに乗せられ、着いた先は、大橋ジャンクションのうえにある目黒天空庭園だった。

ジャンクションのかたちのまま、楕円形の螺旋状になっている公園で、地上五階の高さからスタートして、九階の高さで天辺につく造りになっている。

「村主監督に、撮影の名目で押さえてもらった」

深夜一時の天空庭園から都会の灯りを眺めながら、ふたり並んで勾配のある道を上っていく。

槐はちらと弦宇を見てから、なにかに蹴躓いたふりをしてよろけてみせた。するとすぐに長くて強い腕が伸びてきて、腰を抱き支えてくれる。その腰に回された腕は吸着したかのように、そのまま離れなくなる。

そうしてゆっくりと一歩ずつ踏み締めていくと、夜景が開けたところにあるベンチへと弦宇に導かれた。

槐はそのベンチに立てかけてあるものを目にして、大きく瞬きをした。

「チェロ?」

弦宇の手が腰から離れた。まっすぐベンチに向かい、チェロと弓を手にする。

少し離れたところで槐は立ち尽くす。

チェロをいだいてベンチに座る弦宇を目にしたとき、胸が疼き、痛んだ。

今日は槐の誕生日であり、同時に、ちょうど一年前に自分と弦宇が出会った日だった。時間帯も重なる。

時間が巻き戻って、すべてがなかったことにされたかのような錯覚に押し流されそうになる。

また弦宇は、弓人に独奏を捧げるのか。一年前のように観察することは、もうできない。

弓が弦に当てられる。

深みのある澄んだ音が夜の空気へと流れだす。

「あ…」

それは朗らかに刻まれる旋律だった。

ユモレスクの冒頭部分だ。

――……弦宇はこんな音も出せるのか。

微笑みたくなるような優しい音色だ。肩から力が抜けて、槐はチェロの下部に生えているエンドピンのすぐ先にしゃがみこんだ。

そうして見上げると、弦宇がまっすぐに見詰め返してくれる。

ユモレスクの中盤が終わるとき、槐は息を詰めた。ふたたび身体中が緊張に強張る。

朗らかに短い音が刻まれた。

ループの輪が解かれた瞬間、槐の目から涙が転げ落ちた。

そして思い出す。

『もし君が落ちたら、ユモレスクを最初から最後まで僕のために弾いてよ』

弦宇は約束を守ることで、至上の告白をしてくれたのだ。

最後の音が高所を吹き抜ける風に流されて、遠ざかっていく。

槐は弦宇の開かれた両膝に手を置いて、告白を返した。

「初めて誕生日を嬉しいと思った」

弦宇の藍色がかった眸に、涙の膜がかかって光る。

「そうか。よかった」

優しい声が近づいてくる。

唇が自然に重なる。

この公園の周りには高層マンションがあり、いまここを見下ろしている者もいるかもしれないが、かまわなかった。

役積みと勘違いされてもいいし、恋人同士だと世界中にバレてもいい。

——弦宇となら、かまわない。

高みから俯瞰するよりも、こんなふうに盲目的に地べたを這いずるほうが、どれほど満たされることか。

唇がわずかに離れて、弦宇が囁く。

「お前は、本物の天からの使いだ」

槐は微笑んで喉を震わせる。

「でももう、天使廃業だね——僕の気持ちは弦宇だけに偏ってしまったから」

弦宇の目許が発情したときのように紅くなる。

そのさまに心臓が甘く痺れて、槐は下からもう一度、弦宇の唇に唇を重ねた。

あとがき

AFTERWORD……………………

―沙野風結子―


こんにちは。沙野風結子です。

この「天使の定理」は「兄弟の定理」に出てきた俳優・式見槐の話ですが、これだけ読んでもまったく問題ないようになっています。式見は「兄弟の定理」で大活躍していますので、未読で気になった方はそちらも手に取ってやってくださいね。

式見はたいへん気に入っているキャラで、そのキャラが興味をもつ男を探った結果、ツキノワグマ……貞野弦宇となりました。チェリストにしたのは、チェロの音色が好きだからです。

作中のキーとなるドヴォルザークのユモレスク第七番の中盤は、私が思うところの切なさが詰まった旋律で、いつかこれで書いてみたいと温めておりました。

そしてそこに、ずっとモチーフとしてもっている「天使（的な人間）とはなにか」というのを載せてみました。

ついでに冒頭のシーンは、高速脇の夜の公園で楽器の練習をしてる人を見かけて、なるほどこれなら音が紛れるんだな、と印象的だったのでした。

で、定例の裏テーマは、もうおわかりかもしれませんが、「感じたくない攻（のお尻）」です。もともと式見が攻側キャラなので、とっくり弄んでおります。

そんなわけで、今作は前述の思い入れのあるネタをグツグツ煮込んだものとなっています。

しかし、要斗（かなと）……式見の宝箱に入れられなくてよかったね、と。笑

笠井（かさい）あゆみ先生、今回も胸を衝（つ）かれる神々しい表紙をありがとうございます！　この式見が視界に入ってきたら、そりゃあ弦宇でなくても一瞬でドンッときます。そしてこの弦宇の、病み漂（ただよ）う男前ぶり。式見が身も心も嬲（なぶ）り倒したくなるのも無理ありません。いつもキャラの魅力を増幅（ぞうふく）してくださり、また世界観空気感まで描き上げていただけて、ひたすら幸せです。

担当様、今回もお世話になりました。いつも肯定的に受け止めてくださって、助けられています。また本作にお力添えをくださった出版社様ならびに関係者の皆様にも感謝を。


最後になりましたが、この本を手に取ってくださった皆様、本当にありがとうございます。

この煮込み作品がうまく伝わってくれることを、せめてどこかしら感じるもの萌えるものがあってくれることを、願うばかりです。

それでは、どうか皆様のもとに一日も早く穏やかな日常が戻りますように。

＋沙野風結子 @Sano_Fuu ＋

風結び＋ http://blog.livedoor.jp/sanofuyu/ ＋

この本を読んでのご意見、ご感想などをお寄せください。
沙野風結子先生・笠井あゆみ先生へのはげましのおたよりもお待ちしております。

〒113-0024　東京都文京区西片2-19-18　新書館
[編集部へのご意見・ご感想] ディアプラス編集部「天使の定理」係
[先生方へのおたより] ディアプラス編集部気付　〇〇先生

- 初出 -
天使の定理：書き下ろし

[てんしのていり]
天使の定理

著者：沙野風結子　さの・ふゆこ

初版発行：2021年3月25日

発行所：株式会社 新書館
[編集] 〒113-0024
東京都文京区西片2-19-18　電話（03）3811-2631
[営業] 〒174-0043
東京都板橋区坂下1-22-14　電話（03）5970-3840
[URL] https://www.shinshokan.co.jp/

印刷・製本：株式会社光邦

ISBN978-4-403-52527-8